古典文獻研究輯刊

十九編

曾 永 義 主編

第 31 冊

杜貴晨文集（第十一卷）：
齊魯人文景觀論證設計三種（上）

杜 貴 晨 著

國家圖書館出版品預行編目資料

杜貴晨文集（第十一卷）：齊魯人文景觀論證設計三種（上）
／杜貴晨 著 — 初版 — 新北市：花木蘭文化事業有限公司，
2019〔民 108〕
目 2+138 面；19×26 公分
（古典文學研究輯刊 十九編；第 31 冊）
ISBN 978-986-485-664-0（精裝）
1. 文化景觀 2. 中國
820.8   108000848

ISBN-978-986-485-664-0

9 789864 856640

古典文學研究輯刊
十九編　第三一冊   ISBN：978-986-485-664-0

杜貴晨文集（第十一卷）：齊魯人文景觀論證設計三種（上）

作　　者　杜貴晨
主　　編　曾永義
總 編 輯　杜潔祥
副總編輯　楊嘉樂
編　　輯　許郁翎、王筑　美術編輯　陳逸婷
出　　版　花木蘭文化事業有限公司
發 行 人　高小娟
聯絡地址　235 新北市中和區中安街七二號十三樓
　　　　　電話：02-2923-1455／傳眞：02-2923-1452
網　　址　http://www.huamulan.tw 信箱 hml810518@gmail.com
印　　刷　普羅文化出版廣告事業
初　　版　2019 年 3 月
全書字數　217872 字
定　　價　十九編 33 冊（精裝）新台幣 64,000 元

杜貴晨文集（第十一卷）：
齊魯人文景觀論證設計三種（上）

杜貴晨　著

作者簡介

　　杜貴晨，字慕之。山東省寧陽縣人。1950 年 3 月 25（農曆庚寅年二月初八）日生於寧陽縣堽城鄉（今鎮）堽城南村。六歲入本村小學，從仲偉林先生受業初小四年；十歲入堽城屯小學讀高小二年；十一歲慈母見背；十二歲入寧陽縣第三中學（初中，駐堽城屯）；十五歲入寧陽縣第一中學（駐縣城）高中部；文革中 1968 年畢業，回鄉務農。歷任村及管理區幹部。1978 年高考以全縣第一名考入中國人民大學中文系；1979 年 10 月作爲學生代表列席全國第四次文代會開幕式；1980 年開始發表文章，1981 年參加《文學遺產》編輯部舉辦的青年作者座談會；1982 年七月大學畢業，畢業論文《〈歧路燈〉簡論》發表於《文學遺產》（1983 年第 1 期）。

　　1982 至 1983 年短暫在全國人大常委會法制工作委員會辦公室工作。1983 年 3 月調入曲阜師範學院中文系（今曲阜師範大學文學院），先後任講師、副教授、教授、碩士生導師，教研室主任；2000 年 10 月調河北大學人文學院，任教授、博士生導師、教研室主任；2002 年 7 月調山東師範大學文學院，任教授，古代文學、文藝學博士生導師、博士後合作導師，學科負責人。2015 年 4 月退休。兼任中國《三國演義》學會副會長，《歧路燈》研究會副會長，羅貫中學會副會長，中國水滸學會、中國《儒林外史》學會（籌）常務理事，中國《金瓶梅》學會理事等；創立山東省水滸研究會並擔任會長；擔任山東省古典文學學會副會長兼秘書長。

　　先後出版各類著作 19 部；在《中國社會科學》《文學評論》《文學遺產》《北京大學學報》《中國人民大學學報》《復旦學報》《清華大學學報》《明清小說研究》《河北學刊》《學術研究》《齊魯學刊》《山東師範大學學報》《南都學壇》等刊，以及《人民日報》（海外版）、《光明日報》等報發表學術論文、隨筆等約 200 篇。多種學術觀點，在學界以至社會有一定影響。

提　　要

　　本卷收入《泰安市徂徠山汶河景區傳統文化景觀建設論證報告》、《「水滸故里」學術考察論證報告》和《羅貫中紀念館布展文本》三種，各爲受有關方面委託對當地傳統文化景觀的考察報告或設計大綱。這些文本的撰作基於實地田野考察和文獻的考證，是著眼傳統、時尚與未來需要結合之思考酌量的結果，目的是幫助地方傳統文化景觀建設做到有根有據，有理有節，眞善美新，整體互補，使有限的經濟投入，能產出當地傳統文化可能最大化的景觀效果，有功當代，澤被後人。其中《羅貫中紀念館布展文本》早已付之應用，收效尙好；另外兩種則備爲有關方面工作的參考，從而都成爲了相關該地文化建設的資料。故輯爲本卷，以便留傳。

題　記

　　本卷收入拙撰《泰安市徂徠山汶河景區傳統文化景觀建設論證報告》、《「水滸故里」學術考察論證報告》（與王平教授合撰）和《羅貫中紀念館布展文本》三種，各爲受有關方面委託對當地傳統文化景觀的考察報告或設計大綱。這些文本的撰作基於實地和文獻的考證，是著眼傳統、時尚與未來需要結合之考量的結果，目的是幫助地方傳統文化景觀建設做到有根有據，有理有節，眞善美新，整體互補，使有限的經濟投入，能產出當地傳統文化可能最大化的景觀效果，有功當代，澤被後人。雖本人曾爲此夙興夜寐，孜孜以求，各篇在期待的方向目標上都有所進取，但也深感此事與純粹做學問不同，乃理論、眼界與經驗、能力的綜合體現，故各篇雖都經過了評審結項，但當時以至今天仍都有望道未至之憾。好在從各地實際利用看，都程度不同地起到了良好作用，既可稍慰我的不安，也啓示我想到這些文本除有綜合一地一方面歷史的資料因而有地方史的價值之外，還應該是該地當代文化建設留給後人的一份資料。故因此編輯文集之機會集合爲一卷，以留住一份歷史，並作爲我涉獵魯西南地方史和圖爲家鄉文化建設奉獻的一點紀念。

（二〇一八年四月十五日）

目次

泰安市徂徠山汶河景區傳統文化景觀建設論證報告

題詞

齊景公曰：「美哉國乎，鬱鬱泰山」

——錄自《韓詩外傳》

緒　論

一、緣起

　　泰山──徂徠山──汶水億萬年，博城──泰安三千年。我輩偶生泰、徠今日，有幸參與徂汶景區建設，是一個緣分。

　　2016 年 3 月 17 日，泰安市徂徠山汶河景區（以下或簡稱「徂汶景區」「景區」）管委招商科施廣順主任奉命專程來濟南，因鄉人青年作家朱煜國先生引薦，就其景區建設相關問題，諮詢山東大學徐傳武教授和本人。徐教授與本

人各抒己見，中午宴請於文化東路米香居大酒店，續談甚歡。當日施主任回泰城，即來電邀約本人就所發表意見進一步探討整理，近期赴泰城與市和景區管委領導座談。當時本人正忙於校閱由臺灣花木蘭文化出版社出版的《〈水滸傳〉與山東資料彙編》和《〈水滸傳〉中的山東鏡像研究》兩書清樣，於是插入此事，並在三日以後兩書清樣校閱完畢，即專注於泰安市徂徠山汶河景區傳統文化研究。

至 2016 年 4 月 6 日草成《泰安徂徠山汶河景區核心傳統人文景觀建設論證報告大綱》一稿。翌日，施主任帶車來接，上午約 10 時到達景區。李副市長、張慶峰主任等已先至坐等，本人與諸位見過入座，即報告 20 天來研究成果包括景點建設的建議。李副市長、張主任先後講話，最後決定委託本人盡快「形成文字」即研究報告。當日回濟南，即擬定研究計劃寄施主任。後又由施主任陪同張科長來濟，對計劃幾經商榷，訂立《泰安市徂徠山汶河景區傳統文化研究項目合同》，研究工作正式啟動。

徂徠山

至 2016 年 6 月 3 日完成《泰安徂徠山汶河景區傳統文化景觀建設論證報告》（以下簡稱《論證》）初稿七章 59111 字，又赴景區向李副市長、張主任、王局長、張科長、施主任等彙報，得到較充分肯定，並提出修改意見。當日回濟，作進一步修改。

　　至 2016 年 6 月 27 日修訂稿共七章、《附錄》三種，共 8 萬餘字，採自網絡等各種插圖 60 餘幅，即送審稿。施主任於 7 月 7 日反饋徂汶景區指揮部副總指揮、景區管委張慶峰主任指導意見，根據張主任意見作了多次或大或小的修改，至 2016 年 7 月 24 日再爲改定，前附錄部分納入正文，正文七章。至 2016 年 10 月 19 日第六次亦即送審稿，全文依電腦統計總 87572 字。今於 2016 年 11 月 3 日經專家評議通過，並根據專家意見略有修改爲此最後稿，共 87971 字。

　　鑒於本《論證》某些內容可能具有一定商業利用價值，建議在一定時期只作爲內部參考，個別選題如「黃帝養生宮」等，必要時可先行註冊商標。

　　值此提交本《論證》之時，衷心感謝泰安市政府和徂汶景區有關領導的立項資助和多次指導！感謝對此項目的啓動、完成提供各種幫助的所有師友以及評審組各位專家和工作人員。

二、感思

　　本項目的設立由於徂汶景區建設的實際需要。泰安市特別是徂汶景區有關領導本著爲現實和歷史高度負責的精神，於景觀建設既大膽創新，又舉措謹愼，每事注重集思廣益、精益求精。所以，不僅在景區建設的事前，而且事中每一重要關節，都隨時請益多方，從而有這一項實際屬於基礎性、先行性和貫串始終的旅遊景觀文化論證。

　　旅遊景區建設的文化論證就是從歷史文化的角度對景點建設的必要性與可行性作全面考量。徂汶景區一直重視景觀建設文化論證的首要成果，就是在泰安市範圍內，正確地設定了徂汶景區依託古博城舊治（舊縣），也就是 1000 年前的泰安古城舊地進行建設。本項目就是在前此劃定景區的基礎上，進一步考察論證具體景觀點的選題，爲景點建設提供傳統文化上的依據與參考。

　　徂汶景區重視景區建設的文化論證雖然還在進行中，但已經又一次證明了本人所主張旅遊景觀的建設，在物質與技術條件許可的基礎上，應該遵循文化論證→圖紙設計→土建施工→裝修布設的建設流程。其中文化論證所探討解決的，既是景觀創設的必要性與合理性即歷史文化上的依據，也就是基礎問題，又是貫穿景觀建設始終的理念問題。其所發現或提出的創設觀念與具體選題是景觀的價值與靈魂，未來景觀的生命力即由此價值與靈魂的有無與體現的程度而決定。因此，文化論證是成功進行人文景觀建設必須的入手

處，不可或缺的操作起點，應列爲景觀建設規劃設計的第一道工序。否則，將有可能是無本之木，或似是而非，甚至南轅北轍，不僅違背景觀建設寓教於景，弘揚文化、傳播知識的初衷，而且會貽笑大方，誤導後人，並造成物質上的虛擲浪費，其不良後果往往是嚴重的。因此，文化論證對於依託古博城這座湮沒千年的城市文化的徂汶景區建設來說，尤其不可或缺。而這項工作的實施，則要在主管部門組織指導下，由傳統文化相關學者研究完成。這項研究的具體內容與過程大體可表示爲：

地域觀照→景觀選題→內涵闡釋→特徵說明→風格要求

其所形成文本內容是對該應有傳統文化景觀的發現和靈魂的設計，是進一步景觀建築工程圖紙與室內布展設計的依據和前提，當然不可能很多地延伸及具體景點建設的細節。

大汶河

三、構想

本項目作爲徂汶景區的文化論證，將針對景區歷史人文的實際，實事求是，努力創新。基本的原則是在現有泰山——徂徠——汶河文化景觀的基礎上，搜泰山無主地之遺事，鑄博城有宋前之輝煌，做到以下幾點：

（一）有根有據

　　徂汶景區景觀建設應不排斥無中生有的完全創新之舉和適當的移植仿造，但是應依植根本地的復古創造為主，從而既免於無所依傍之純為獨創之難，又得就地取材因故為新之事易成之利。加以景區所依託為古博城故治，傳統文化資源豐富多樣，景區景觀選題規劃建設之首要與核心的原則，就應該是接續當地文脈，復古為新，因故生新，使老樹新花，古事新義，以古博文化之幽光，鑄今日舊縣有宋前之輝煌。從而相關建設必有根有據，除有重要現實必要性與合理性者之外，本論證將堅持避免無中生有，或削足適履；

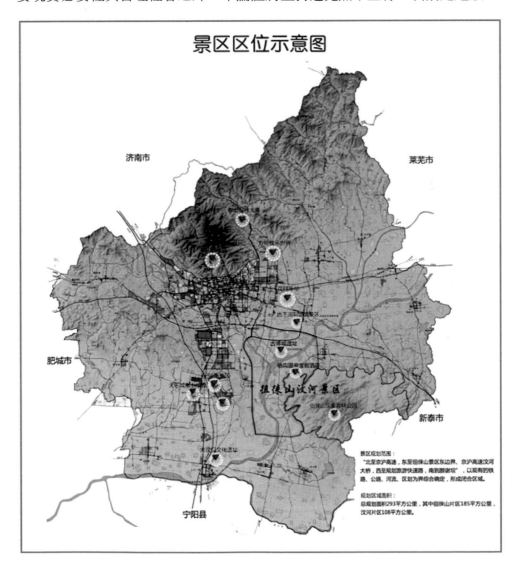

（二）有理有節

這裡說徂汶景區歷史文化的「當地」，不僅指景區本身地面範圍，而是根據歷史上古博轄地分合不定、時大時小的狀況，上溯北宋開寶五（972）年泰山郡移治岱嶽鎮之前以舊縣為治所的唐五代乾封縣、秦漢三國晉南北朝之博縣（博城、博平、汶陽）所轄廣大區域。凡此區域內在相應時段發生的歷史傳統文化現象，或如漢代奉高撤銷之後地歸博城而至宋代再未恢復情況下的歷史文化現象，都有理由納入徂汶景區景觀建設備為採擇利用的內容。

當然，儘管景區地之本身無古今，但是自古及今，景區之地在歷代所屬行政建置屢變，有大批量原屬古代此一區域的遺跡，今已別在一區，有了明確的歸屬。對此，本《論證》酌古定今，認為只宜以北宋開寶五年前古轄域內今屬景區尚且為無主地之文化因素備為景區景觀選題規劃建設的資源。這就一方面不把古博縣——乾封時期所曾管轄而今已歸為他縣區之傳統文化的因素作為景區景觀點建設的根據，造成泰安市內部各區縣文化資源的「權屬」爭議，另一方面使泰安市宋（開寶五年）前古博文化能無遺漏，得以充分的開發利用，即本論證概括為「文化論證古博千年發幽光，東泰城興復有宋前之輝煌」。

（三）真善美新

徂汶景區傳統人文景觀建設要做到歷史真實與藝術真實的統一，內涵豐富、傳達正能量與形式多樣美好的統一，地域特徵鮮明獨特與不可複製的統一。其建設目標是易觀賞，耐品味，有格調，如史如詩，期如孔子所云：「可以興，可以觀，可以群，可以怨。」（《論語・陽貨》）「修文德以來遠人」（《論語・季氏》）。

（四）整體互補

大自然是一個有機的整體，人類文化也是一個有機的整體，中國以至中國各地域文化則是億萬年間大自然——人類——中國歷史演化形成的局部而各具特色的有機整體。徂汶景區則是這一整體中獨具特色的微整體，其在中國與世界為局部；在其自身則是主題鮮明，內部則既有分別，又有聯絡的有機存在。換言之，景區有自己區別於眾的鮮明的主題，其具體景點又必然各異其趣，同時彼此存有歷史內容上的關聯和美學形式風格上的承傳與和諧一致，並共同服務於景區的主題。只有這樣，才能形成景觀在各具觀賞價值的

同時，有匯聚突出為景區整體的文化特點，給遊人訪客以「風景這邊獨異」的深刻印象，形成旅遊觀光的號召吸引之力。

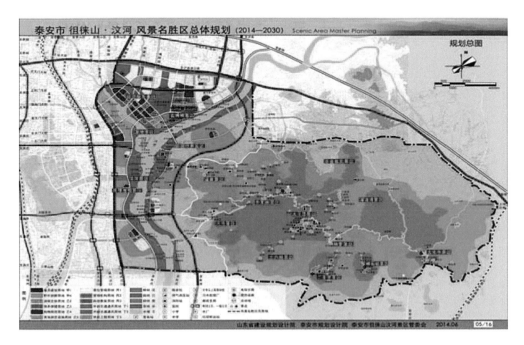

四、參閱說明

　　根據以上原則，本《論證》將在全面深入考察景區所在古博城歷史傳統文化的基礎上，對景區擬建主要傳統文化景觀試作構想並提出個人建議。《論證》包括緒論和正文七章。謹請閱讀參考時注意以下幾點：

　　1、本項目為景區傳統文化景點建設可行性論證，《論證》主要供作景區傳統文化建設項目選題參考，因此側重博城與徂汶文化的宏觀考察與概括說明，為進一步景觀具體設計構建的基礎；

　　2、本《論證》是一整體，以古博考辨與大事記為其後論述之根據，後之景觀擬目等乃由前所考證自然引申而出，非故詳前而略後，而是非如此不足顯景觀選題之合理，植根於傳統文化基礎堅牢，並對景觀所將表現內容有一定引導和規定作用；

　　3、本《論證》實事求是，但作為旅遊文化景觀建設的基點考察，其所謂「實事」主要指文獻中資料根據的有無，而一般不論其是否歷史的事實，並在諸說並豐情況下僅取其與博城相關之一說，不及其他；

4、本《論證》除特別說明者外，因泰山（全部或主峰）自先秦至宋初，一直屬博縣（博城、乾封等）管轄，所以《論證》中一切資料、建議、意見等，均屬博城境內文化內容，可用於景區傳統文化建設規劃。爲突出此一特點，本《論證》於相關處對博縣、博城等有特別表明；

5、本《論證》主要供有關領導決策和專家設計參考之用，爲便於覆核，行文凡所敘述，偏重文獻原文徵引，並酌加按語；

6、本《論證》引用資料，除古代文獻隨文說明或括注出處之外，近今人論著及整理之作均列頁下注，並於篇末附錄主要參考文目。

本《論證》跨在歷史與政治、經濟、宗教、風俗與文學等眾多領域之際，涉及內容廣泛複雜，作者學疏識淺，加以要求時間較緊等原因，所考證議論等必有錯誤和不足之處，盼有關領導和專家讀者不吝賜正。

以下爲正文。

第一章　古博城考論

一、漢博城之區位與始設

（一）博城之區位

博城爲西漢用指今泰山區邱家店鎮爲治所的縣名，初名博邑，後又名博縣。故治所在，清宋思仁《泰山述記》載云：

> 又東南八里，過擡頭村，有古城遺址，即春秋時，魯哀公伐齊克博之博邑也。按：嬴、博，春秋時皆齊邑。漢置縣，屬泰山郡。城垣建制不一，其地論者紛紛，不能確指。《泰山道里記》以此爲齊博邑，以聖塔南之博縣城爲漢之博邑，似有證據。然考輿地於數千百年之後，終覺按圖索驥耳。茲仍其說，以次敘之。〔註1〕

擡頭村，即今泰安市泰山區邱家店鎮舊縣村。今學者周郢著《泰山志校證》云：

> 博邑故城在今泰安市泰山區邱家店鎮舊縣村，即漢博縣治所。
> 又一說：春秋博邑故城在今岱嶽區范鎮大溝頭村。清黃鑴刻《泰安

〔註1〕〔清〕宋思仁《泰山述記》，湯貴仁點校，《泰山文獻集成》第八卷，泰山出版社2005年版，第59頁。

縣志序》引《省志》謂『漢嬴、博二縣非周故地。』……何者爲確，
尚待詳考。〔註2〕

由以上引述可見，周、秦、漢之博邑或博縣、博城之確切位置，今尚不能完全斷定。但「漢嬴、博二縣非周故地」與今景區建設關係不大，而《（民國）重修泰安縣志・城鎮鄉村》謂「舊縣地方，至城二十五里，村三：舊縣，蘇家官莊，小舊縣。」〔註3〕其舊縣、小舊縣（以下統稱「舊縣」）應即博城歷史上搬遷之遺名。今各有故址，而兩村相去亦不過數里之間，可信爲唐末宋初間地，爲秦漢之所傳承，於今景區建設已足資利用。其餘暫不能亦不必詳考也。

（二）博城之始設

徂汶景區所在之泰安市泰山區邱家店鎮舊縣村，是泰山、汶水之陽歷史最悠久的古博城故地。

據《（民國）重修泰安縣志・輿地志・疆域》引《周禮・職方》「河東曰兗州。其山鎮曰岱山」注：「岱山在博。」

博在商代或即亳。丁山《商周史料考證》「學者必欲探尋成湯的故居。由「韋顧既伐，尾吾夏桀」兩句詩的方位測之，疑即春秋時代齊國的博縣。……因爲商虛，我在上文已論定在小屯，這個亳，可能仍指泰山郡的博縣。在盤庚遷殷以前，商人常盤桓於大河以東，除了「龍山文化」可作證明外，尚有若干地緣的根據〔註4〕。

而文獻稱「博」，最早一見於《春秋左氏傳・哀公十一年》載：

「爲郊戰。故公會吳子伐齊。五月，克博。壬申，至於嬴。」

再見於《國語・吳語》「夫差退於黃池」有云：

「夫差不貫不忍，被甲帶劍，挺鈹搢鐸，遵汶伐博，篓笠相望
於艾陵。」

又同書「奚斯釋言於齊」亦言及「遵汶伐博」之事云：

吳王夫差既勝齊人於艾陵，乃使行人奚斯釋言於齊，曰：「寡人
帥師不腆吳國之役，遵汶之上，不敢左右，唯好之故。今大夫國子
與其眾庶，以犯獵吳國之師徒，天若不知有罪，則何以使下國勝！」

〔註2〕周郢《泰山志校證》，黃山出版社2006年版，第650頁

〔註3〕孟昭章等纂修《（民國）重修泰安縣志》，臺灣學生書局1968年影印本第一冊，
第45頁。

〔註4〕丁山《商周史料考證》，中華書局1988年版，第27頁。

上引二書之文所述爲同一件事，即魯哀公十一（前 484）年五月吳王夫差率師伐齊之役所克「汶」與「汶之上」的「博」，並知「博」地時屬齊國。但周初齊、魯受封，本以泰山南北爲界，博在泰山之陽，爲魯邑。所以，博之成邑應始於比此時更早的在魯時期。

又，《禮記・檀弓》載：

延陵季子適齊，於其反也，其長子死，葬於嬴、博之間。

以上引文中之「嬴、博」爲泰山下東南毗鄰之兩邑。「博」即前述《春秋左氏傳》之「博」。按周郢《泰山通鑒》，以吳季札長子死「葬於嬴、博之間」，事在周景王二十三（前 522）年，是知博之成邑至晚在前 522 年之前，距今已有 2500 年以上。今有學者以爲博邑成於距今約 2700 年前，也應是可能的。

二、博城名稱之義與沿革

（一）博城之名義

博城稱「博」之義，尚無明確的解釋。古人對此也幾乎沒有論述。筆者所見只有清吳卓信《漢書地理志補注》卷三十一「下博」注引應劭曰：「博水出中山望都入河，泰山有博，故此加下。」（清道光刻本）這段話以「博水」說「泰山有博」，似泰山之「博（城）」得名與博水有關。雖然地理上泰山之「博」與博水相去甚遠，泰山之「博」因博水得名似不大可能，但應劭是東漢人，並曾在獻帝時任泰山太守長達六年之久，乃著名學者，熟悉泰山掌故，所以其說也不一定沒有根據。待考。

但是，「博城」之「博」是否爲依傍某山、水或其他名「博」之地標物得名並不十分重要。重要的是其稱「博」一般說必與「博」字本義相關。而據漢許慎《說文》曰：「博，大通也。從十從尃，布也。」即今詞典所釋「博」字的基本義爲多、廣、大。從而古博城之「博」亦應該不離多、廣、大之義。而博邑也確實是春秋戰國時期泰山與汶水之陽的重鎮，不僅是齊魯相爭的戰略要地，甚至遠在南方的吳王夫差也曾千里襲遠，而「遵汶伐博」，可見其在當時政治、軍事上地理位置之重要。

（二）博城名稱之沿革

博城自始名稱屢變，其大致軌迹和文獻根據如下：

1、博：上引《春秋左氏傳・哀公十一年》《國語・吳語》等。

2、博邑：《史記·吳子胥列傳》「吳王不聽，伐齊，大敗齊師於艾陵」，〔正義〕曰：「《括地志》云：「艾山在兗州博城縣南百六十里，本齊博邑。」

3、濟北郡：譚其驤《秦郡新考》：「濟北（分齊郡置）……秦郡……今按博陽、穀城，地皆在濟水以南，而史繫之濟北，則濟北非泛指濟水以北而爲郡名可知；田安下濟北，在秦末六國初起時，則濟北之爲秦郡又可知。」〔註5〕治博陽（詳下條）。

4、濟北國：《史記·項羽本紀》：「項羽立田安爲濟北王，治博陽。」此乃因秦郡而置，故亦可證上條秦博陽爲濟北郡治。

5、泰山郡：《史記·地理志上》：「泰山郡，高帝置。屬兗州。……博，有泰山廟。岱山在西北，求山上。」因濟北而置，治博陽。至武帝元封二年置奉高，泰山郡乃並以奉高、博縣爲治。又，《尹灣漢墓簡牘》第三片木牘記西漢東海郡所轄縣道侯國長吏升遷事有云：「華喬，故博陽令，以秀材遷。」〔註6〕是漢初博即博陽，並用爲縣名。

6、博城縣：《史記·呂太后本紀》：高后元（前187）年，「四月，太后欲侯諸呂，乃先封高祖之功臣郎中令無擇（徐廣曰：「姓馮。」）爲博城侯。〔正義〕曰：《括地志》云：「兗州博城，本漢博城縣城。」因知漢初博縣治稱博城；

7、博平縣：《魏書·地形志中》載：「泰山郡……博平（二漢、晉曰博，屬，後改。有博平城、防城、龍山祠、野首山、牟山祠、五子胥廟。）」由此可知北魏博城曾改稱「博平」，仍爲泰山郡治。但《魏書·地形志中》並載：「平原郡……博平（二漢屬東郡，晉屬。有博平城、桑葉城、濕水）。」如此北魏同時有兩「博平」，存疑，待考。但至北齊，泰山郡之博平復名博。

8、東平郡：《隋書·地理志》《續山東考古錄》卷十八等載，北齊文宣帝（高詳）天保七（556）年丙子，改泰山郡爲東平郡，領博、梁父、岱山三縣。博城爲東平郡治。

9、汶陽縣：《隋書·地理志》：「博城（舊曰博，置泰山郡。後齊改郡曰東平，又並博平、牟入焉。開皇初（元年，589）郡廢，十六年改縣曰汶陽，

〔註5〕譚其驤《秦郡新考》，《浙江學報》第二卷第一期，1947年12月。
〔註6〕連雲港市博物館等編《尹灣漢墓簡牘》，中華書局1997年版，第6頁。

尋改曰博城。）」

10、東泰州：《舊唐書‧地理志》：「兗州上都督府……乾封，隋博城縣。武德五（622）年，於縣置東泰州，領博城、梁父、嬴、肥城、岱六縣。貞觀元（627）年，罷東泰州，省梁父、嬴二縣入博城，仍以博城屬兗州，兼省肥城。乾封元年，高宗封泰山，改爲乾封縣，總章元年，復爲博城。神龍元年，又爲乾封。」因知唐初博爲博城縣，作爲東泰州州治，亦稱東泰州；

11、乾封縣：《舊唐書‧地理志》：「兗州上都督府：乾封，隋博城縣。……乾封元（666）年，高宗封泰山，改爲乾封縣。總章元（668）年，復爲博城。神龍元（705）年，又爲乾封。」宋開寶五（972）年，移治岱嶽鎮（今泰安市岱嶽區），大中祥符元（1008）年改稱奉符。

金黨懷英《重修天封寺碑記》曰：「泰安東南三十里，得故廢縣，曰古博城。在唐爲乾封，宋開寶間移治岳祠下，居民從之而縣廢焉。」〔註7〕

博城在宋開寶五年以後的隸屬、名稱變化等，從略。

三、博城正名及今用

由上考可知，博在宋初以前，或爲邑，或爲封國，或爲郡，或爲州，或爲縣，一直是泰山與汶水之陽地區重鎮，乃今國家歷史文化名城泰安市一千年前之故治。其地稱名多變，既是其歷代建置沿革的標誌，也是其歷史地位沉浮變遷的象徵。即使在今天看來，也不是無所謂的。因爲孔子說：「必也正名乎？名不正則言不順，言不順則事不成。」所以景區爲繼承並發揚傳統文化計，酌古定今，確認一個適當的古稱重新利用提倡起來，是一件需要慎重考慮的事。

這自然是在以上若干古稱中選定。而選定的原則，應該是有利於此地經濟文化的復建與崛起。但景區的復建與崛起既是自身的需求，也是泰安甚至更大範圍政治、經濟、文化建設一體化的組成部分。因此，包括景區復興傳統文化的正名在內，都必須在尊重自身歷史文化傳統的同時，也放到泰安市乃至全省和整個中國的歷史與現實中加以考量，試說如下。

以上古博十一舊稱之中，「博」「博邑」「博縣」之稱於此地今所在泰安市泰山區之一鄉鎮的地位，已明顯不合時宜，故不取；「濟北」之稱，在秦漢並

〔註7〕〔清〕唐仲冕《岱覽》，湯貴仁主編《泰山文獻集成》本，泰山出版社 2005 年版，第 330 頁。

非因於博陽在濟水之北，而是因於濟水在博陽之北，於今已與一般地理觀念不相符合，故亦不取；「乾封」之稱既是因唐高宗泰山封禪而起，內涵單一，又有帝王崇拜之嫌，今天更無提倡之必要；其他如博平、東平、汶陽等，當時或後世至今，均別有同名之地，不便重提。所以，古博十一名稱之中，一是多以「博」稱值得注意，二是以「博」稱諸名中，「博陽」「博城」二名應用最久，又在古博最興盛的漢唐時期，所以最具歷史的代表性；另外「東泰州」之稱雖爲時甚短，但其以泰山爲中心命名，於今天景區建設實爲泰城之東新區或衛星城的地位，有借代說明之價值，值得保留。

總之，承前啓後，酌古定今，建議徂汶景區在繼續其官方稱呼的同時，大力宣揚景區作爲泰安千年前之故治和有各種古稱的悠久歷史傳統，並根據不同情況的需要，著重使用「博陽」「博城」和「東泰城」三古稱，以配合具體工作的開展。分別說明如下：

（一）博陽

博陽作爲秦、漢二代郡縣建置有二：一是山東泰安之博陽即以本景區舊縣之地爲故治的博陽；二是河南汝南郡之博陽，屢見於《史記》《漢書》《水經注》（卷二十二《潁水》「又南過女陽縣北」注）等，故清顧祖禹《讀史方輿紀要》卷四十七《河南》二《商水縣·博陽城》曰：

> 博陽城，縣東北四十里。漢縣，屬汝南郡。宣帝封丙吉爲侯邑。
> 王莽更名樂嘉。東漢廢。

雖然兩博陽均因年代久遠等原因而淹滅無聞，但從史書記載看，泰安之博陽或更古，而且形勝更佳，歷史上影響也更大，所以值得泰安市於徂汶景區開發之機重啓唱響此嘉名。但有兩點值得注意：

1、「博陽」之方位、得名仍無確論。關於方位，一說博陽在泰山、濟水之北。《史記·項羽本紀》「故立安爲濟北王，都博陽」下〔正義〕曰：「在濟北。」司馬光《資治通鑒》卷第八「故齊王建孫安下濟北」下胡三省注以濟北爲濟水之北云：

> 濟水以北之地，聊城、博陽諸城是也。

一說爲「泰山之盧」，即今濟南長清，《水經注疏》卷二十六《沭水》「漢武帝元朔三年，封齊孝王子劉就爲侯國」，郭守敬按云：

> 《史》《漢表》，就封在博陽。《漢表·注》濟南，而濟南無博陽
> 縣。《索隱》謂《志》在汝南，又去齊遠。故全祖望從道元以爲傅陽，

而謂博陽誤。竊以孝王子封在濟南爲合。《方輿紀要》：「泰山之盧，
戰國時號博陽，因在博關南也。項羽封田安濟北王，都博陽，即此。」
泰山與濟南接境。

一說在「博城之陽」。司馬光《資治通鑑》卷十「田橫走博陽」下胡三省注曰：

> 此據《史記》也。班書作「橫走博」。博陽近清河博關，此正韓
> 信自趙進兵之路。臨淄既破，君、相皆出走。其後韓信既虜田廣於
> 濰水，灌嬰又敗田橫於贏下。贏縣亦屬太山郡。《括地志》：「故贏城
> 在兗州博城縣東北百里。」唐之博城，漢太山之博縣；此博陽，即
> 博城之陽。

而顧祖禹《讀史方輿紀要》卷三十一《山東》二《濟南府・泰安州》考曰：

> 泰安州……春秋、戰國時齊地。秦屬齊郡。漢爲泰山郡地，一
> 云即漢初濟北郡，郡治博陽。六年，以濟北、博陽二郡封齊，尋又
> 置泰山郡，治奉高。武帝又以奉高、博陽並爲郡治。或謂博陽即博
> 也，恐誤。

又曰：

> 漢三年，韓信襲破齊，田橫走博陽。胡氏曰：「謂博縣之陽也。」

據以上資料，可以得出以下結論：

一是博陽在濟北，即濟水之北，更在泰山之北，這個「博陽」更在濟水
之北，就與泰山之東南之博無關了。所以，顧祖禹說「或謂博陽即博也，恐
誤」；

二是春秋博邑即博，即秦漢之博縣，即博城。博陽爲博縣即博城之陽，
即在博（縣、城）之南（陽），按今地應位於汶河北岸，正是舊縣博城故址三
面城牆一面臨水格局。故後又有汶陽之稱。

關於博陽非博和博陽爲博城之陽，與博城相去不遠，清葉圭綬《續山東
考古錄》卷六泰安府上載：

> 《史記・楚漢之際月表》：「濟北王田安，都博陽。」《通鑑》胡
> 注：「〔正義〕曰：博陽在濟北。」班志：「太山郡盧縣，濟北
> 王都。」
> 豈博陽即此地耶？今按濟北有博關，博陽蓋博關之南也。又「漢四
> 年，田橫走博陽」注此，據《史記》也。班書作「橫走博」。博陽近
> 清河博關，此正韓信自趙進兵之路。臨淄既破，君相皆出走。其後
> 韓信既虜田廣於濰水，灌嬰又敗田橫於贏下。贏縣亦屬太山郡。此

博陽即博城之陽。按班志濟北王都，乃文帝前元年分齊置，濟北王劉興居所都。自春秋迄漢，盧未改名，似非博陽。《漢書・灌嬰傳》云「追齊相田橫至嬴博」，又云「攻下嬴博」，則《史記》田橫所走之博陽即博無疑。漢六年以膠東、膠西、臨淄、濟北，《曹參傳》還定濟北郡，蓋三齊並爲一，改國爲郡也。師古注云「時未有濟北郡，史追書之。」偶未考耳。博陽、城陽郡七十三縣立子肥爲齊王，此濟北、博陽非一地之證。胡注博陽於秦漢兵爭之時，亦嘗置郡。按博陽本濟北王都，疑田榮並濟北分爲兩郡。《鄒陽傳》「城陽顧於盧、博」孟康曰：「盧、博濟北王治處。」此盧、博爲兩縣，又博陽即博之證。濟北初都博，而後都盧，故兼舉之。其實治博而非博縣城，治盧亦非盧縣城也。又見《平陰灌嬰傳》又云：「齊地已定，嬰別將擊楚公杲於魯北，破之。轉南破薛郡，長身虜騎將，入攻博陽。」可見博之外，又有博陽，要在博縣南不遠，胡氏謂即博城之陽近是。

（清咸豐元年刻本）

綜上所述，今泰安市泰山區邱家店舊縣村即春秋戰國之博邑，秦漢之博縣、博城故址，博陽在博縣即博城之陽，即今舊縣村之南，亦相去不遠，從而景區實轄古博縣即博城和古博陽兩城故地，而統稱曰博陽或博城皆宜。

因此，本論證以下於博縣、博城、博陽一般不作區別。

2、「博陽」爲日照充沛的陽光之城。我國古代多以「X陽」命名的城市，但是多爲一山或一水之陽，而罕見同時在山與水之陽並以之命名的城市。而據上引《說文》曰：「博，大通也。從十從尃，布也。」即博爲多、廣、大等基本義，「博陽」即可釋爲「陽光之城」；

3、「博陽」爲神名。《雲笈七籤》卷二十四《日月星辰部》二《總說星・二十八宿》：

甲從官，陽神也，……乙從官，陰神也，……丙從官，陽神也，……丁從官，陰神也，……戊從官，陽神也，……己從官，陰神也，……庚從官，陽神也，……辛從官，陰神也，……壬從官，陽神也，……癸從官，陰神也，……寅從官，孟神也，……卯從官，仲神也，……辰從官，季神也，……巳從官，孟神也，……午從官，仲神也，……未從官，季神也，……申從官，孟神也，……酉從官，仲神也，……戌從官，季神也，……亥從官，孟神也，……子從官，仲神也，……

丑從官，季神也，井星神主之。季神九人，名博陽。衣黃水單衣，
帶劍，能致鳳凰、玄武，東井星神主之。……震，乾之長男也，……
坎，乾之中子也，……艮，乾之少子也，……巽，坤之長女也，……
離，坤之中女也，……兌，坤之少女也，軫星神主之。少女五人，
姓符離，名蘇子。衣流黃單衣。

由此可知古代星占家以二十八宿之「季神九人」名「博陽」。雖然此「博陽」
與古泰安之「博陽」未必有實質性聯繫，但是，泰山是神山，博城作爲泰安
之前身，能與「博陽」神共名，也是一個歷史的緣分。

（二）博城

「博城」應該是博縣之城，爲「博邑」的提升，強調了博邑的發展已達
到「城」高度。但在同一時期，一城中不便另有城，所以，「博城」之稱在今
天景區隸屬泰城的現實條件下，是不必要或不妥當的。

然而，「博城」畢竟是此地的古稱，對於景區自身的提升有直接有效的一
面，所以仍有其可保留利用的價值。據說今已有意用爲景區核心稱「漢博城」，
又有「唐博城」建設的計劃，如此取用「博城」之稱，是可行的。事實上，
計劃復建的「唐博城」遠比各地多有的「三國城」「水滸城」等，可能更具歷
史的眞實性，給今人以歷史「穿越」的審美效果。

（三）東泰城

《新唐書・地理志》載：

武德五（622）年以博城、梁父、嬴置東泰州，並置肥城、岱二
縣。貞觀元（627）年州廢。

「東泰州」之稱雖僅應用了五年，卻不僅使博城一度爲州城，而且結合其與
後世至今泰安的地理位置的相對性，準確標定了今景區爲泰安城東部分的區
位特點，只需要改「州」爲「城」稱「東泰城」，就可以是當前和未來景區作
爲泰安市衛星城恰切的名稱了。

「東泰城」之稱比「博陽」「博城」更多與泰城中心有分有合相互關照的
一體化的意義，較合於未來景區建設將有「東泰城」地位的實際。適宜在以
景區建設帶動推進周圍片區發展爲泰城衛星城需要的情況下正式提出和應
用。

第二章　博城歷史大事記

一、傳說與夏、商時期

博城爲上古帝王封禪泰山之地。《史記・封禪書》載：

管仲曰：「古者封泰山、禪梁父者七十二家，而夷吾所記者十有二焉。」孔穎達〔正義〕曰：「《韓詩外傳》云：『孔子升泰山，觀易姓而王可得而數者七十餘人，不得而數者萬數也。』（按：管仲所記自無懷氏以下十二家，其六十家無紀錄也。）」

按此雖繫傳說，但傳說是歷史的影子，當有部分的事實。從而表明遠古以來，泰山即已逐漸獲得特殊的政治文化地位，中國最高權力與泰山的結合已經開始並逐漸形成傳統。博邑地當泰山、汶水之陽，依山傍水，是上古先民宜居的「樂土」，又當登岱之中路，故能因泰山而最早興居爲邑。

西周以前古史渺茫，管仲所記上古封禪泰山十二家之前十一家爲先周帝王，依《史記・封禪書》所載序次是：

無懷氏（約前 70～40 世紀）（服虔曰：「古之王者，在伏羲前，見《莊子》。」）封泰山，禪云云；（李奇曰：「云云山在梁父東。」）〔索隱〕曰：晉灼云：「云云山在蒙陽縣故城東北，下有云云亭也。」〔正義〕曰：《括地志》云：「云云山在兗州博城縣西南三十

里也。」）

應義封泰山，禪云云。

神農封泰山，禪云云。

炎帝封泰山，禪云云。

黃帝（約前26世紀）封泰山，禪亭亭。（徐廣曰：「在巨平。」駰案：服虔曰：「亭亭山在牟陰。」〔索隱〕曰：應劭云：「亭亭在巨平北十餘里。」服虔云「在牟陰」，非也。〔正義〕曰：《括地志》云：「亭亭山在兗州博城縣西南三十里也。」）

顓頊（約前23世紀）封泰山，禪云云。

帝嚳（約前22世紀）封泰山，禪云云。

堯（約前22世紀）封泰山，禪云云。

舜（約前21世紀）封泰山，禪云云。

禹（約前21世紀），封泰山，禪會稽。

會稽，《史記·封禪書》司馬貞〔索隱〕曰：「晉灼云：『本名茅山。』」近人或考爲蒙山。（《史記·封禪書》；楊向奎《夏民族起於東方考》，載《禹貢》半月刊《古代地理專號》等）

中國自大禹「家天下」而建立夏朝。而據泰安市地方史志辦公室編《徂徠山志·大事記》，古博地在夏商時期即已有民居和祭祀泰山梁父的宗教活動。《封禪書》又載：

湯（約前22世紀）封泰山，禪云云；

上古以泰山爲天下之中，故爲帝王封祀必至之山。上述古帝王封禪泰山事，雖皆無可考實，但管仲述之，孔子信之，故爾數千年來，被奉爲信史，或在疑信之間。這一方面可見管仲、孔子、司馬遷等對泰山封禪的推崇，另一方面可見由於封禪的發生，泰山加速了向神山、國山提升的進程。其中尤以如今被推爲華夏「人文始祖」黃帝，而被認爲是上古帝王中唯一登頂上封泰山的帝王，加以其他有關黃帝與泰山的傳說，更特別值得研究泰山和博城文化的注意。（詳後）又據《新唐書》卷三八《志》第二八《地理二·兗州魯郡》載：

乾封，上。本博城。武德五年以博城、梁父、嬴置東泰州，並置肥城、岱二縣。貞觀元年州廢，省梁父、嬴、肥城、岱入博城，

來屬。乾封元年更名乾封，總章元年又曰博城，神龍元年復曰乾封。

有泰山，有東岳祠，有梁父山、亭亭山、奕奕山、云云山、社首山、

肅然山、石閭山、蒿里山。

因此，以上傳說中上古諸帝王所禪泰山腳下各山，均可視爲博即博邑（城）所代表的區域。

但是，泰山封禪即使在古代也不是朝野一致認可的行爲，以各種理由否定和反對的聲音一直不絕，乃至趙宋以後漸成主流看法，而終遭廢止。否定封禪之有代表性的議論，可見於明汪子卿《泰山志》、明查志隆《岱史》、清宋思仁《泰山述記》等所輯《歷代儒臣封禪論》。其中錄馬端臨曰：「按文中子曰，封禪非古也，其秦漢之侈心乎！而太史公作《封禪書》，則以爲古受命帝王，未嘗不封禪，且引管仲答齊桓公之語，以爲古封禪七十二家，自無懷氏至三代均有之。蓋出於齊魯陋儒之說，《詩》《書》所不載，非事實也。當以文中子之言爲正。」〔註1〕

二、兩周戰國時期（前221年之前）

周武王（姬發）十二（前1046）年，周滅商，分封諸侯，以泰山爲界，齊、魯分立於北南，博在泰山之南屬魯。故《詩經·魯頌》有「泰山巖巖，魯邦所瞻」及「徂徠之松，新甫之柏」之辭（《詩經·魯頌·閟宮》），是最早詠頌泰山之詩句。此時泰山周圍雖然還有其他封國，如紀、遂、盧、郕等，但均爲小國，唯齊、魯爲兩大。後至春秋，漸而齊強魯弱，齊國南侵，遂有泰山及泰山之南

周武王

若干地方。故史有「魯嘗爲齊所伐，故齊南有泰山，——泰山之南非其本封也」之說。（《左傳》《繹史》有關各條，《水經注·汶水》，道江《泰安縣志·沿革》）

此時前後，武王祭泰山，《墨子閒詁》卷十四引武王《告泰山辭》有云：「以祗商夏。」又卷四有云：「昔者武王將事泰山隧。傳曰：『泰山，有道曾

〔註1〕湯貴仁點校，〔清〕宋思仁《泰山述記》，泰山出版社2005年版，第135頁。

孫周王有事。』」清閻若璩云：「玩其文義，乃是武王既定天下後，望祀山川，或初巡守岱宗禱神之辭，非伐紂時事也。」

周成王姬誦（前 1042～1021 年在位），封泰山，禪社首（今泰安市岱獄區蒿里山東側），約此時前後於泰山建明堂（今泰安市泰山區大津口附近有周明堂遺址），爲天子巡狩封禪時朝會諸侯之所。（《史記·封禪書》《孟子·梁惠王下》、阮元《明堂論》）

　　按：《左傳·定公四年》載，祝佗說周成王分封諸侯，使殷之後裔「取於相土之東都，以會王之東蒐。」杜豫注：「爲湯沐邑，王東巡狩，以助祭泰山。」相土，商湯十世祖；東都，一說今河南商丘，一說今河南濮陽；王，指周成王。由此可知，成王曾東巡祭祀泰山，行封禪泰山之禮。又，《史記·封禪書》：「詩云紂在位，文王受命，政不及泰山。武王克殷二年，天下未寧而崩。爰周德之洽維成王，成王之封禪則近之矣。」這表明太史公認爲：帝王「德之洽」者方可以封禪，周文王時勢力不到泰山，武王伐紂成功第二年去世而來不及，只有周成王具備了封禪泰山的條件，所以成王封禪泰山是可能的。

約此後至前五世紀間，魯國在今泰安市泰山區邱家店鎮舊縣村或附近設立博邑，在徂徠山西南設立陽關。（泰安市徂徠山志辦公室編《徂徠山志·大事記》）

周桓王（姬林）八（前 712）年丙寅，周室國力衰退，無力祭祀泰山。鄭國以其在泰山附近的助祭之領地祊，換取魯國在鄭之附近朝周的食宿地許田。周代泰山封祭之禮，至此而告消歇。（《左傳·隱公八年》）

約此後不久，魯孝公之子公子展的後裔柳下惠（前 720～前 621），本名展獲，字子禽（一字季），魯國柳下邑（今新泰市柳里，一說今山東平陰孝直鎮展窪村）人，曾擔任魯國大夫，後隱遁。他品德高尚，曾經遇婦人而「坐懷不亂」，卒諡惠。後人尊稱其爲「柳下惠」或「和聖柳下惠」。爲博邑周邊

之「聖人」。今新泰市天寶鎮有和聖墓。（泰安市徂徠山志辦公室編《徂徠山志・大事記》）

又傳與柳下惠同時，柳下惠之弟盜跖原名展雄，姬姓，展氏，名跖，一作蹠，又名柳下跖、柳展雄。爲泰山大盜，人稱「盜跖」或「桀跖」，又稱「盜聖」。《莊子・盜跖》篇載孔子曾帶了弟子顏回、子貢去勸化他，「跖方休卒太（泰）山之陽」，不聽。泰山岱宗坊西北有盜跖廟，萊蕪城東二十里有盜跖墓。（《史記・伯夷列傳》《莊子・盜跖》）〔註2〕

此時前後，魯僖公（前659～前627年在位）於國中建閟宮（宗廟），奉祀列祖，魯人作《閟宮》詩頌之，有句曰：「泰山岩岩，魯邦所詹」及「徂徠之松，新甫之柏」等句，涉及博城地。（《詩經・魯頌・閟宮》）

周襄王（姬鄭）元（651）年庚午，「秦繆（穆）公即位九年，齊桓公既霸，會諸侯於葵丘，（〔正義〕曰：《括地志》云：「葵丘在曹州考城縣東南一里五十步郭內，即桓公所會處也。」）而欲封禪。」管仲以「乃說桓公以遠方珍怪物至乃得封，桓公乃止」。（《史記》封禪書、齊太公世家）

周靈王（姬泄心）時期（前557～前545年），音樂家師曠在世。師曠爲魯國平陽（今新泰市，屬泰安）人，仕晉爲樂師，後爲晉平公少傅。傳世樂曲有《陽春》《白雪》。師曠曾論黃帝於泰山作《清角》之音，是中國最早有名的音樂家，世稱「樂聖」。新泰北師店傳爲師曠故里，有師曠墓。（清盧紘《新建師曠墓表》，《四照堂文集》卷十六；盧文輝輯校《師曠》；賀偉主編《樂聖師曠》；《韓非子・十過》）

周景王（姬貴）元（前544）年丁巳，魯襄公二十九年，吳季札（仲雍十九世孫。春秋賢人，吳國政治家、外交家）出使齊、鄭、晉等國，於齊國返回途中，「其長子死，葬於嬴、博之間。孔子曰：『延陵季子，吳之習於禮者也。往而觀其葬焉。其坎深不至於泉，其斂以時服。既葬而封，廣輪揜坎，其高可隱也。既封，左袒，右還其封。且號者三，曰：『骨肉歸復於土，命也。若魂氣則無不之也，無不之也。』而遂行。孔子曰：『延陵季子之於禮也，其

〔註2〕 《周郢讀泰山的博客》（http://blog.sina.com.cn/zy4821330）。

合矣乎。』」（《禮記·檀弓下》）「嬴、博之間」即今泰安市岱嶽區與萊蕪市毗鄰一帶。今泰安岱嶽區范鎮故縣村旁舊有季札子墓，傳孔子為題「嗚呼博邑延陵君子之葬」十字刻石。（《水經注·汶水》、清孫星衍《孔子題吳季子墓誌考》《史記·吳太伯世家》）

　　按：孔子觀季札兒葬禮事雖載在《禮記》等書，歷代儒者信之不疑，但考孔子生於周靈王二十一（魯哀公二十二，前 551）年庚戌，至前 544 年季札兒死才七歲，應不會有此觀禮之事。

　　約此時前後，齊景公（前 547～490 在位）游牛山而歎曰：「美哉國乎，鬱鬱泰山。」（《韓詩外傳》卷十），史上第一次以「泰山」與「國」並提，是泰山為國山說思想的發端；又，「齊景公使人為弓，三年乃成，景公引弓而射，不穿一札，景公怒，將殺弓人。弓人之妻往見景公曰：『蔡人之子，弓人之妻也。此弓者，太山之南，烏號之柘，燕牛之角，荊麋之筋，河魚之膠也。四物者，天下之練材也，不宜穿札之少如此。且妾聞：奚公之車，不能獨走；莫邪雖利，不能獨斷；必有以動之。夫射之道：左手若拒石，右手若附枝。掌若握卵，四指如斷短杖，右手發之，左手不知，此蓋射之道。』景公以其言為儀而射之，穿七札，蔡人之夫立出矣。《詩》曰：『好是正直。』」（《韓詩外傳》卷八）

　　周敬王（姬匄）元（魯昭公二十四，前 518）年癸未，「孔子過泰山側，有婦人哭於墓者而哀。夫子式而聽之，使子路問之曰：『子之哭也，壹似重有憂者？』而曰：『然。昔者吾舅死於虎，吾夫又死焉，今吾子又死焉。』夫子曰：『何為不去也？』曰：『無苛政。』夫子曰：『小子識之：苛政猛於虎也。』」（《禮記·檀弓下》）今岱陰桃花峪有猛虎溝，傳即孔子歎苛政處。（繫年據《孔子文化大典》「過泰山聞婦人之哭」條考訂）

　　按：傳孔子過泰山因猛虎而歎苛政之事在當時似遠離博邑，但博邑與泰山之間亦未見記載有另外的城邑，加以孔子儒家與泰山天人合一之象，在近今泰山與儒家文化研究中尚未得到應有的重視，故列於此。

約此時前後，孔子過泰山之下作《丘陵歌》。《孔叢子》曰：「哀公使以璧如衛迎夫子，而不能賞用也。故夫子作《丘陵之歌》曰：『登彼丘陵，峛崺其阪。仁道在邇，求之若遠。遂迷不復，自嬰屯蹇。喟然回慮，題彼泰山。鬱確其高，梁甫回連。枳棘充路，陟之無緣。將伐無柯，患茲蔓延。惟以永歎，涕霣潺湲。』」（《孔叢子·記問篇》。《詩紀前集》一。《文選》二十三臨終詩注引蹇一韻。《御覽》五百七十一引阪、遠、蹇三韻）

約此時前後，泰山人有若（今泰安市肥城有家莊人）、冉耕（今肥城之再家莊人）、林放（今新泰放城人）皆之魯而從孔子求學。（李啓謙《孔子門弟子研究》）

約此時前後，傳顏淵侍其師孔子同登太山，孔子東南望，見吳閶門外有繫白馬，引顏淵指以示之，曰：「若見吳閶門乎？」顏淵曰：「見之。」孔子曰：「門外何有？」曰：「有如繫練之狀。」孔子撫其目而止之，因與俱下。下而顏淵髮白齒落，遂以病死。蓋以精神不能若孔子，彊力自極，精華竭盡，故早夭死。（《論衡·書虛篇》）泰山桃花洞西有孔子岩，傳爲孔子指示顏回處。（《（民國）重修泰安縣志》卷二《輿地志·勝概·古迹》）

此時前後，孔子游泰山，遇泰山隱士榮啓期，與聞「三樂」之說，孔子贊其「能自寬者」。（《列子·天瑞》、皇甫謐《高士傳》《孔子集語》卷九、《孔子家語》卷四）

周敬王二十（魯定公十，前 500）年辛丑，魯、齊夾谷之會，孔子相禮，使齊侯歸還所侵魯國之鄆、汶陽、龜陰之田。鄆、讙，均在今泰安市東平縣境；龜陰，龜山之北。《史記·孔子世家》杜預注曰：「太山博縣北有龜山。」龜山，又名龜陰埠。《弘治泰安州志》卷一：「龜陰埠在州之南三十里，土埠高平，宛如龜狀。」《水經注疏》卷二十四《汶水》：「山北即龜陰之田也。」《史記·孔子世家》服虔注曰：「三田，汶陽田也。龜，山名。陰之田，得其田不得其山也。」金代泰山人安升卿《石塔記》云：「古博城北三里許，有橫埠，隆隆亙於東南。狀類龜伏，而禾塍周之，傳稱龜陰之田即此。」〔註3〕馬

〔註3〕〔清〕唐仲冕《岱覽》，湯貴仁主編《泰山文獻集成》本，泰山出版社 2005年版，第 340 頁。

銘初、嚴澄非《岱史校注》卷八《遺迹紀》「龜陰田」注①：「龜陰田，即今泰安市郊區邱家店鎮張嶺以北的汶河岸土地。此地有橫阜類龜，因名龜山俗呼顏張嶺。」〔註4〕

　　按：《史記·孔子世家》司馬貞〔索隱〕曰：「《左傳》『鄆、讙及龜陰之田』，則三田皆在汶陽也。」故又統稱「汶陽之田」。汶陽，汶水之陽。齊、魯較早以齊國修築綿延於泰沂山脈的長城（即今存遺址的齊長城）爲界，因此，包括在博邑地面龜陰之田的「汶陽之田」在泰山之南，汶水之北，本是魯國的領土。關於「汶陽之田」的最早記載見於《左傳·僖公元年》即前 659 年冬：「（魯僖）公賜季友汶陽之田及費。」但是後來齊強魯弱，「汶陽之田」乃至靠近齊國的博邑，長期成爲齊魯爭奪的前線，史有「齊魯必爭汶陽田」之說，是齊、魯歷史上一件大事。有關齊、魯兩國對於汶陽田的爭奪，最早見於《春秋》諸傳記載，「汶陽之田」爲齊國所奪至晚在成公二（前 589）年之前。但是，成公二年的齊晉「鞍之戰」中齊國敗績，晉侯逼迫齊侯把汶陽田歸還給了魯國。（第二年即成公三年的夏天，成公還爲此親自去了一趟晉國拜謝）。但是，到了成公八（前 583）年春，晉侯聽說「鞍之戰，齊師大敗。齊侯歸，弔死視疾，七年不飲酒，不食肉」，竟又可憐起齊侯來，曰：「嘻！奈何使人之君七年不飲酒不食肉？請反其所取侵地。」於是「使韓穿來言汶陽之田，歸之於齊。」從而又把剛剛得手的汶陽田送給了齊國。又據《春秋左傳》及《史記·孔子世家》載，這件事直到魯定公十（前 500）年，齊、魯夾谷之會，孔子相禮，才終於迫使「齊侯乃歸所侵魯之鄆、讙、龜陰之田以謝過」。今泰安市區東郊東城村有謝過城遺址，一說爲魯國爲表孔子之功而建，一說齊爲悔過而築。但這件事是魯國對齊鬥爭一大勝利，其結果使包括博邑龜陰之田重回魯國，孔子起了關鍵的作用，是其生平重大政治建樹之一。包括上列孔子觀吳季札長子葬禮在內，孔子在泰山博城或其附近的這些聖迹，雖不可盡信，但亦不當盡虛。所以大概而言，博邑（城）是孔子一生政治文化和文學活動常到的重要區域之一，孔子在博城是早期儒家和博城歷史文化的重要內容。《詩經》說「泰山巖巖，魯邦所瞻」，正是形象地表明了儒家與泰山密切的文化聯繫。

〔註4〕馬銘初、嚴澄非《岱史校注》，青島海洋大學出版社 1992 年版，第 121 頁。

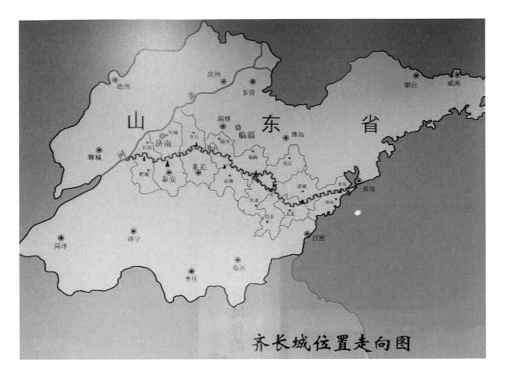

齐长城位置走向图

　　約此時前後，孔子以諫阻魯君依季桓子受齊女樂不從，望龜山而作《龜山操》。東漢蔡邕《琴操》載：「《龜山操》者，孔子所作也。齊人饋女樂，季桓子受之，魯君閉門不聽朝。當此之時，季氏專政，上僭天子，下畔（叛）大夫，聖賢斥逐，讒邪滿朝。孔子欲諫不得，退而望魯。魯有龜山蔽之，闞（譬）季氏於龜山，託勢位於斧柯。季氏專政，猶龜山蔽魯也。傷政道之凌遲，閔（憫）百姓不能其所，欲誅季氏而力不能，於是援琴而歌云：『予欲望魯兮，龜山蔽之。手無斧柯，奈龜山何！』」龜山，又名龜陰埠，在泰山博縣。（《孔子集語》卷十二、《樂府詩集》卷五十八、《泰安州志》卷一）

　　約此時前後，孔子聞孺子之歌於滄浪渠畔。《（民國）重修泰安縣志》卷二《輿地志・勝概・古迹》：「曬纓臺：縣（今岱嶽鎮）東南四十五里，水出徂徠西麓曰滄浪渠。清流澎澎，聲聞半里許，相傳爲孔子聞歌處。岸石峙然，曰孺子曬纓臺。」

　　約此時前後，孔子登泰山。《孟子・盡心上》：「孟子曰：『孔子登東山而小魯，登太山而小天下。故觀於海者難爲水，遊於聖人之門者難爲言。』」泰山有「孔子登臨處」「孔子小天下處」「孔子岩」等處。（《重修泰安縣志・輿

地勝概·古迹》）

按：孟子以泰山和大海喻孔子。

周敬王二十八（魯哀公三，前492）年己酉，「季氏專魯，旅於泰山，仲尼譏之。（師古曰：「旅，陳也，陳禮物而祭之也。陪臣祭泰山，僭諸侯之禮。孔子非之曰：『嗚乎，曾謂泰山不如林放乎！』事見《論語》。」）

按：孔子以林放比泰山，臨終亦自比於泰山。《論語》載孔子云：「知者樂水，仁者樂山。」（《雍也》）於此可見，而儒家與泰山的聯繫亦因此而更加凸顯。

同年，魯國人孔子弟子曾參耕於泰山之下，作《梁山歌》。《梁山歌》即《梁甫吟》。甫，後世一作父。《樂府詩集》卷四十一《相和歌辭》十六《蜀·諸葛亮〈梁甫吟〉》載：「李勉《琴說》曰：『《梁甫吟》，曾子撰。』《琴操》曰：『曾子耕泰山之下，天雨雪凍，旬月不得歸，思其父母，作《梁山歌》。』蔡邕《琴頌》曰：『梁甫悲吟，周公越裳。』按梁甫，山名，在泰山下。《梁甫吟》，蓋言人死葬此山，亦葬歌也。又有《泰山梁甫吟》，與此頗同。」（繫年據周洪才《曾子年譜》，載《曾子世家》）

按：曾參（前505～420年），春秋魯國武城（費縣）人。字子輿，名參，尊稱曾子。孔子最重要的弟子之一，傳為《大學》和《孝經》的作者，儒家稱「宗聖」。上引諸書說「曾參於耕於泰山之下，作《梁山歌》」，雖如舜耕於歷山之下一樣的無可確考，但是也如上列孔子與泰山的聯繫一樣地大概可信。

約此時前後，齊太史子與至魯，見孔子，孔子與之言道。子與悅曰：「吾鄙人也，聞子之名，不睹子之形久矣，而求知之寶貴也，乃今而後知泰山之為高，淵海之為大，惜乎夫子之不逢明王，道德不加於民，而將垂寶以貽後世。」（《孔子家語》第九）

按：此子與亦以泰山、大海比於孔子。

周敬王三十六（哀公十一，前484）年丁巳，《左傳》載：「公會吳子伐齊。五月，克博。壬申，至於嬴。」《國語·吳語》載：「夫差……遵汶伐博，簽

笠相望於艾陵。」艾陵，在今萊蕪城東南三十里。徂徠山中軍幛傳爲吳王寨遺址。這是有記載中發生在博邑的第一次重要戰事。

　　按：上列有與齊魯爭奪汶陽田相關的晉、魯、衛、曹等與齊發生的「鞌之戰」，和孔子使齊、魯國君達成齊歸魯「汶陽之田」的「夾谷之會」，此又有吳王夫差率師不遠數千里來攻齊伐博。這在春秋戰國都是「國際」大事。雖然除夫差伐博之外，其他並未直接在博邑發生，但是以「汶陽之田」的爭奪爲中心，都與博邑有眞正密切的聯繫，並由此可見博城在春秋戰國地理與軍事位置的重要性。

　　周敬王四十一（前479）年壬戌，孔子辭世，臨終感慨平生，自比於泰山。《禮記・檀弓上》：「孔子蚤作，負手曳杖，消搖於門，歌曰：『泰山其頹乎。梁木其壞乎。哲人其萎乎。』既歌而入，當戶而坐。子貢聞之，曰：『泰山其頹，則吾將安仰？梁木其壞，哲人其萎，則吾將安放？夫子殆將病也。』遂趨而入。夫子曰：『賜，爾來何遲也。夏后氏殯於東階之上，則猶在阼也。殷人殯於兩楹之間，則與賓主夾之也。周人殯於西階之上，則猶賓之也。而丘也，殷人也。予疇昔之夜，夢坐奠於兩楹之間。夫明王不興，而天下其孰能宗予？予殆將死也。』蓋寢疾七日而沒。」

　　此時前後，孔子嫡孫孔伋（約前483～402年），字子思，遊齊，過泰山。《孔叢子・巡狩第八》：「子思遊齊、陳莊伯與登泰山而觀，見古天子巡狩之銘焉。陳子曰：『我生獨不及帝王封禪之世？』子思曰：『子不欲爾。今周室卑微，諸侯無霸，假以齊之眾連鄰國，以輔文武子孫之有德者，則齊桓、晉文之事不足言也。』陳子曰：『非不悅斯道，力不堪也。』」

　　約此時前後，黃帝與玄女故事產生，見《山海經・大荒北經》：「蚩尤作兵，伐黃帝。黃帝乃令應龍，攻之冀州之野。應龍畜水，蚩尤請風伯、雨師縱大風雨。黃帝乃下天女曰魃，雨止，遂殺蚩尤。」又，《史記・五帝本紀》〔正義〕引《龍魚河圖》曰：「黃帝攝政，有蚩尤兄弟八十一人，並獸身人語，銅頭鐵額，食沙石子，造立兵仗刀戟大弩，威振天下，誅殺無道不慈仁。萬民欲令黃帝行天子事，黃帝以仁義不能禁止蚩尤，乃仰天而歎；天遣玄女下授黃帝兵信神符，制伏蚩尤。帝因使之主兵，以制八方。蚩尤沒後，天下復

擾亂。黃帝遂畫蚩尤形象，以威天下。天下咸謂蚩尤不死，八方萬邦，皆爲弭服。」後至晚在唐朝以前，黃帝受玄女天書故事情節被寫在泰山之下。（《黃帝問玄女兵法》《龍魚河圖》《黃帝出軍訣》《集仙錄》等書，宋人張君房輯《雲笈七籤》卷一百一十四《九天玄女傳》）

周考王（姬嵬）時期（前440～前426年），魯國名匠公輸班，世稱魯班，木工奉爲祖師，遊泰山。泰山有魯班洞，岱廟有魯班殿。（《墨子·公輸》《岱覽·總覽·岱廟》等）

約此時前後，韓國俠士聶政爲報殺父之仇，行刺韓王，遁入泰山七年從師學琴，遂技藝超群，得近韓王獻技，趁機刺殺韓王。其曲名《廣陵散》，傳於後世。（蔡邕《琴操》）

周烈王（姬喜）四（前372）年己酉，儒家亞聖孟子生於鄒（今山東鄒城）。生時，母夢神人乘雲自泰山來，將止於嶧，母凝視久之，忽片雲墜而寤。時閭巷皆見五色雲覆蓋孟氏之居焉（見《通志》）。後人稱孟子有泰山岩岩氣象，適符雲兆，信然。（〔明〕查志隆《岱史》卷八《遺迹紀》

約此時前後，墨家代表人物墨翟與其徒禽滑釐登泰山，論攻守與封禪等事。（《墨子後語·上·墨子弟子》）

周赧王（姬延）元（前314年）年丁未，孟子（軻）終三年之喪返齊，「齊宣王問曰：『人皆謂我毀明堂。毀諸？已乎？』孟子對曰：『夫明堂者，王者之堂也。王欲行王政，則勿毀之矣。』」（《孟子·梁惠王下》）

　　按：上引齊宣王欲毀之明堂，傳爲周代所建。明任弘烈《泰安州志》卷一：「周明堂在嶽之東北山谷聯屬四十里，遺址今尚存。旁有谷山寺，其勝具黨學士寺記。」周明堂一說爲周公朝諸侯之處，一說周天子東巡狩朝諸侯之處。總之應在當時博邑或邑之附近。孟子爲推行「王道」而諫阻毀明堂之事，使博之周明堂得到了保護。

周赧王四（前311）年庚戌，楚國大夫、詩人屈原使齊，行經泰山之下，

作《九章・抽思》中云：「低佪夷猶，宿北姑兮；煩怨督容，實沛徂兮。」（泰安市徂徠山志辦公室編《徂徠山志・大事記》）

周赧王三十一（前284）年丁丑，齊國「嬴、博之間，地坼至泉」（《戰國策》卷十三），即地裂出泉。同年燕上將樂毅伐齊，進經泰山之陽，博陽屬燕；三十六年，齊將田單大敗燕軍，收復博陽。（《戰國策》《史記・燕世家》）

約此時前後，楚之交子，魯之周子，齊之狂子，相與居乎泰山之陽，處乎環堵之室。蓽戶不扉，蓋茨不翳，而高歌不輟。（《初學記》卷十八《人部中・貧第六》引《符子》曰）

三、秦、兩漢時期（前221～220）

秦始皇帝（嬴政）二十六（前221）年庚辰，統一中國，分全國爲三十六郡。泰山屬濟北郡，治博陽（故城在今泰安市泰山區舊縣村）。領博陽、嬴、盧、穀城等八縣。（《秦集史・郡縣志》《中國歷代行政區劃》）

始皇帝二十七（前220）年辛巳，秦修馳道。《漢書・賈山傳》曰：「秦爲馳道於天下，東窮燕、齊，南極吳、楚，江湖之上，濱海之觀畢至。道廣五十步，三丈而樹，厚築其外，隱以金椎，樹以青松。」（《漢書・賈山傳》）

按：其明年，始皇帝東巡，登封泰山，當即由馳道行至。因此，博陽當有馳道直通咸陽。

始皇帝二十八（前219）年壬午，東巡，登泰山，「立石，封，祠祀。下，風雨暴至，休於樹下，因封其樹爲五大夫。禪梁父。刻所立石」「頌秦功德」，有句云：「登茲泰山，周覽東極。」（《史記》始皇帝紀、封禪書）

按：此巡狩期間，始皇帝應有行宮在博陽，遺址無考。

秦二世皇帝（嬴胡亥）元（前209）年壬辰，春，「東巡碣石，並海南，歷太山，至會稽，皆禮祠之，而刻勒始皇所立石書旁，以章始皇之功德」（《史記·封禪書》）。

秦开辟驰道示意图

按：是秦二世亦至博陽，應有行宮。

西漢高祖（劉邦）元（前206）年乙未，《史記》載：項羽「滅秦而立侯王也，乃徙齊王田市更王膠東，治即墨。齊將田都從共救趙，因入關，故立都爲齊王，治臨淄。故齊王建孫田安，項羽方渡河救趙，田安下濟北數城，引兵降項羽，項羽立田安爲濟北王，治博陽。田榮以負項梁不肯出兵助楚、趙攻秦，故不得王。……田榮怒，追擊殺齊王市於即墨，還攻殺濟北王安。於是田榮乃自立爲齊王，盡並三齊之地。」（《項羽本紀》《田儋列傳》）《漢書》載：「榮怒，追殺之即墨，自立爲齊王。予彭越將軍印，令反梁地。越乃擊殺濟北王田安。田榮遂並王三齊之地。」（《漢書·項籍列傳》），都博陽。

按：據《史記》田榮「還攻殺濟北王安。於是田榮乃自立爲齊王」，是其自王於博陽；而據《漢書》乃田榮「追殺之（齊王市）即墨，自立爲齊王」，「擊殺濟北王田安」的是彭越。未知孰是，待考。

高祖三（前203）年丁酉，正月，項羽破齊，齊王田榮敗死。榮弟橫收齊散兵數萬人，反擊項羽於城陽。而漢王率諸侯敗楚，入彭城。項羽乃釋齊而歸，擊漢於彭城，因連與漢戰，相拒滎陽，無暇東顧。四月，田橫復得收齊城邑，立田榮子廣爲齊王，都臨淄。而橫相之，專國政。政無鉅細，皆斷於相。（《史記·田儋列傳》）

高祖四（前203）年戊戌，十月，漢相韓信破齊歷下軍，入臨淄。齊王田廣走高密，齊相田橫走博陽。聞齊王廣死，橫乃於博陽自立爲王。韓信屬下御史大夫灌嬰下博陽，敗橫於嬴下（今萊蕪市境）。同時稍後，韓信屬下右騎將軍傅寬又隨相國曹參「殘博」，

博陽城一時再遭兵燹。(《史記》田儋列傳、灌嬰列傳,《漢書・田儋列傳》,《水經注・汶水》)

　　按:田橫自王於博陽,事不足論。但田橫於博陽敗退後結局,卻在歷史上影響頗大。據《史記・田儋列傳》載,韓信攻齊的幾乎同時,「聞漢王酈食其已說下齊,韓信欲止。范陽辯士蒯通說信曰:『將軍受詔擊齊,而漢獨發間使下齊,寧有詔止將軍乎?何以得毋行也!且酈生一士,伏軾掉三寸之舌,下齊七十餘城,將軍將數萬眾,歲餘乃下趙五十餘城,為將數歲,反不如一豎儒之功乎?』於是信然之,從其計,遂渡河。齊已聽酈生,即留縱酒,罷備漢守禦。信因襲齊歷下軍,遂至臨菑。齊王田廣以酈生賣己,乃烹之」。後田橫自博陽、嬴下敗亡,先歸彭越,後約高祖五(202)年「與其徒屬五百餘人入海,居島中」。漢王使使招之,田橫恥臣漢王,且羞與酈食其之弟酈商同朝,於乘傳詣洛陽三十里處驛舍自剄,「令客捧其頭,從使者馳奏之高帝。高帝曰:『嗟乎,有以也夫!起自布衣,兄弟三人更王,豈不賢乎哉!』為之流涕。而拜其二客為都尉,發卒二千人,以王者禮葬田橫。既葬,二客穿其冢旁孔,皆自剄,下從之。高帝聞之,乃大驚,以田橫之客皆賢。吾聞其餘尚五百人在海中,使使召之。至則聞田橫死,亦皆自殺。於是乃知田橫兄弟能得士也」。太史公曰:「田橫之高節,賓客慕義而從橫死,豈非至賢!余因而列焉。不無善畫者,莫能圖,何哉?」(《史記・田儋列傳》)

　　又據《樂府詩集》卷二十七《薤露》解題引崔豹《古今注》曰:「《薤露》《蒿里》泣喪歌也。本出田橫門人,橫自殺,門人傷之,為作悲歌。言人命奄忽,如薤上之露,易晞滅也。亦謂人死魂魄歸於蒿里。至漢武帝時,李延年分為二曲,《薤露》送王公貴人,《蒿里》送士大夫庶人。使挽柩者歌之,亦謂之輓歌。」又引譙周《法訓》曰:「輓歌者,漢高帝召田橫,至屍鄉自殺。從者不敢哭而不勝哀,故為輓歌以寄哀音。」又引《樂府解題》曰:「《左傳》云:『齊將與吳戰於艾陵,公孫夏命其徒歌虞殯。』杜預云:『送死《薤露歌》即喪歌,不自田橫始也。』」按蒿里,山名,在泰山南。(《樂府詩集》卷第二十七《薤露》解題)

　　由此可知,《薤露》《蒿里》皆與田橫王博陽事有關。李白《於五松山贈南陵常贊府》詩云:「海上五百人,同日死田橫。當時不好賢,豈傳

千古名。」

　　田橫一生事業，至博陽自王而爲頂點，也是其走向敗亡的轉折。其事於大歷史雖屬細節，但於中國人格塑造的歷史，其本人「行己有恥」（《論語·子路》）之高節，賓客慕義從死之精神，乃眞有「王者」風範，於博陽史實謂千古之佳話。

　　此時前後，「京兆王氏出自姬姓。周文王少子畢公高之後，封魏。至昭王彤，生公子無忌，封信陵君。無忌生間憂，襲信陵君。秦滅魏，間憂子卑子逃難於太山，漢高祖召爲中涓，封蘭陵侯。時人以其故王族也，謂之『王家』」（《新唐書·宰相世系表》）

　　高祖六（前 201）年庚子，「以膠東、膠西、臨淄、濟北、博陽、城陽郡七十三縣立子肥爲齊王」。博陽郡乃分濟北郡東南地置，治博陽（今泰安市泰山區邱家店鎮舊縣村），轄境約當今泰安、新泰、萊蕪、濟南、濟陽、鄒平、章丘等地。惠帝末，移治濟水以南之東平陵（今章丘西），並改名濟南郡，博陽降爲縣。（《史記·高祖本紀》《漢書·高帝紀》）

　　高祖十三（前 197）年辰，「良始所見下邳圯上老父與書者，後十三歲從高帝過濟北，果得穀城山下黃石，取而寶祠之。及良死，並葬黃石。每上冢伏臘祠黃石。」（《漢書·張良傳》）

　　按：濟北穀城山下張良得黃石書地在今濟南市平陰縣。濟南平陰東阿鎮的北部有黃石山，山上有《黃石公祠記碑》。唐代大曆八年立，原在古東阿縣廟頭村黃石公祠當地人都俗稱「唐碑」。碑上記錄了很多和黃石公、張良等歷史名人有關的事件。碑刻的碑身與碑帽爲一體，通高 205 釐米。碑帽係唐代典型的螭龍浮雕風格，下有龜趺，陰陽兩面有文，皆係「前試義王府倉曹參軍裴平書」。陰面圭首額題：「濟州穀城黃石公祠記」9 字，篆書。正文爲「黃石公祠記」「布衣趙郡李卓撰」。

《黃石公祠記碑》爲隸書書寫，碑文柔媚秀雅，有篆書之意、楷書之美，爲歷代文人稱道。《金石萃編》對該碑也有過記載。按說在濟南地區，唐代的碑刻每方都應該是珍貴的石刻遺存，但清代以後此碑變得默默無聞，在眾多的資料中已鮮有它的介紹。(《生活日報》2011 年 5 月 23 日《平陰有塊唐原告記錄了張良和黃石公的故事》)

漢惠帝（劉盈）元（前 194）年丁未，「四月，（呂）太后欲侯諸呂，乃先封高祖之功臣郎中令無擇（徐廣曰：姓馮。）爲博城侯。(〔正義〕曰：《括地志》云：兗州博城，本漢博城縣城。)」(《史記·呂太后本紀》)

漢文帝（劉恒）前元二（前 178）年癸亥，以濟北、博陽兩郡地置濟北國，封劉興居爲濟北王，都盧縣（今濟南市區長清區西南）。博陽爲濟北國屬郡，郡治博陽。濟北王二（前 177）年，以謀反誅，國除。《漢書·文帝紀》，《漢書·鄒陽傳》「城陽顧於盧、博」下孟康注曰：「城陽王喜也。喜父章與弟興居討諸呂有功，本當盡以趙地王章，梁地王興居。文帝聞其欲立齊王，更以二郡王之。章失職，歲餘薨。興居誅死。盧、博，濟北王治處，喜顧念而怨也。」

文帝前元十六（前 164）年丁丑，復置濟北國，封劉肥之子劉志爲濟北王。都盧，博陽爲屬郡，治博陽。(《漢書》五行志、高五王列傳)

漢景帝（劉啓）四（前 153）年戊子，劉志徙封菑川，改封劉勃爲濟北王。後元二（前 87）年，濟北王劉寬自殺，國除，博陽屬泰山郡。(《史記·齊悼惠王世家》《漢書·諸王世表》)

漢武帝（劉徹）元狩元（前 122）年己未，十月，濟北王劉胡（濟北貞王劉勃之子）「於是濟北王以爲天子且封禪，乃上書獻泰山及其旁邑。天子受之，更以他縣償之」(《史記·孝武帝紀》《漢書》郊祀志、地理志等)。其「旁邑」，當指博陽。博陽遂與泰山併入濟南郡，後又析置泰山郡，治博陽。至元封元（前 110）年新置奉高（故治今泰安市岱嶽區范鎮故縣村），博陽乃降爲縣。顧祖禹考曰：「（漢高帝）六年，以濟北、博陽二郡封齊，尋又置泰山郡，治

奉高。武帝又以奉高、博陽並爲郡治。」（《讀史方輿紀要》卷三十一《山東》二《濟南府・泰安州》）

武帝元封元（前110）年辛未，三月，東上泰山，令人上石立之泰山顛。詔割嬴、博二縣地置奉高縣，以祀泰山。四月，自海上（黃海）還至奉高，獨與侍中奉車子侯上泰山，有封。明日，下陰道。丙辰，禪泰山下址東北肅然山（在今萊蕪市寨里鎮王許村），坐周明堂。詔奉高作明堂於汶上。又詔諸侯各於太山朝宿地起第，準擬天子用事太山而居止。「以十月爲元封元年。行所巡至，博、奉高、蛇丘、歷城、梁父，民田租逋賦貸，已除。加年七十以上孤寡帛，人二匹。四縣無出今年算。（師古曰：「自博至梁父凡五縣，今

汉武帝刘彻

云四縣毋出算者，奉高一縣素以供神，非算限也。」）賜天下民爵一級，女子百戶牛酒。」（《史記》武帝紀、封禪書，《漢書・郊祀志》，《齊記》）夏四月癸卯，上還，登封泰山，降坐明堂。臣瓚曰：「《郊祀志》『初，天子封太山，太山東北址，古時有明堂處』，則此所坐者也。明年秋乃作明堂耳。」

按：本年武帝兩至泰山，第一次是三月至博縣，令人上石泰山之巔，而繼續東巡；第二次是四月從海上還，《史記》《漢書》均稱「還至奉高」。但是，據《漢書・武帝紀》「夏四月癸卯，上還，登封泰山，降坐明堂」下，有「臣瓚曰：《郊祀志》『初，天子封太山，太山東北址，古時有明堂處』，則此所坐者也。明年秋乃作明堂耳。」也就是説，武帝從海上還至泰山登封下山後所坐明堂，仍然是博縣舊有周天子封禪所建明堂。武帝所詔建漢明堂要到元封二年才能夠落成。由此可知，《史記》《漢書》所謂「還至奉高」乃史家追記之辭，武帝四月還至泰山的駐蹕之處，仍是博縣。試想武帝於三月詔割嬴、博二縣相鄰地置奉高縣，至四月僅有一個月時間，怎麼能夠在奉高建成可以入住的行宮呢？因此，可以認爲，不僅武帝分置奉高縣詔命成於博縣，而且武帝第一次至泰山的上石泰山之巔和第二次的上封，都在博縣。博縣是此後二十二年間漢武帝屢次封禪祭祀泰山的開端。後雖新置奉高，但

至武帝明仍以博縣、奉高並爲泰山郡治。故《史記》《漢書》記武帝第一次封禪泰山曰「行所巡至，博、奉高」云云，而師古注亦曰「自博至梁父凡五縣」云云，均先博縣而後奉高，突出了博縣在漢武帝泰山封禪中領起地位。而且從《漢書・武帝紀》師古注曰「奉高一縣素以供神」看，奉高轄區甚小。所以，雖然此後至北朝間數百年，泰山郡治均列奉高，但是一方面博縣與奉高並列爲泰山郡治，另一方面博縣一直是泰山主峰所在和汶水之陽的經濟文化中心。而武帝封禪使泰山在封禪之年成爲全國政治中心的同時，也必然推動沿途特別是博縣、奉高等地經濟文化的發展，並使泰山的地位與影響更加擴大和加強。

元封二（前109）年壬申，春，帝巡東萊，過祀泰山。濟南人公玉帶獻黃帝明堂圖。秋，令奉高縣依圖於汶水之上建明堂（今泰山區邱家店石碑）。（《史記・封禪書》《水經注・汶水》）「其明年，伐朝鮮。夏，旱。公孫卿曰：『黃帝時封則天旱，乾封三年。』上乃下詔曰：『天旱，意乾封乎？其令天下尊祠靈星焉。』」（《史記・孝武本紀》）又，「自河決瓠子後二十餘歲，歲因以數不登，而梁楚之地尤甚。天子既封禪巡祭山川，其明年，旱，乾封少雨。天子乃使汲仁、郭昌發卒數萬人塞瓠子決，……天子既臨決口，悼功之不成，乃作《瓠子歌》。……自是之後，用事者爭言水利」（《史記・河渠書》）。

　　按：《大戴禮記》有《明堂》篇，班固《白虎通義》卷四《辟雍》曰：「天子立明堂者，所以通神靈，感天地，正四時，出教化，宗有德，重有道，顯有能，褒有行者也。」云云。可知古代天子明堂是歷代常設。而由上述公玉帶所獻黃帝明堂圖，至少表明武帝時即有黃帝明堂的傳說；而周明堂則有遺址在，加以武帝令奉高所建漢明堂，從而泰山集中了中國最古的明堂，也形成了中國古代除洛陽之外最系統的明堂建築。這在中國儒學、封禪和建築史上都值得注意，應該有一定地位的。明堂是中國古代儒家學者討論最多並且似乎越說越糊塗的學術問題之一，大概因此而俗說做出讓人難以明白的事謂「搞什麼明堂」。這個問題便與當時在博邑和奉高的泰山封禪與祭祀有關，故述論於此。

元封三（前108）年癸酉，「自是之後，用事者爭言水利。朔方、西河、河西、酒泉皆引河及川谷以溉田。而關中輔渠、靈軹引堵水。汝南、九江引

淮。東海引巨定。太山下引汶水。皆穿渠爲溉田，各萬餘頃」（《史記‧河渠書》）。

此時前後，漢武帝於泰山下見稷邱公。《列仙傳》曰：「稷丘公者，太山下道士。漢武帝東巡狩，乃冠章甫，衣黃衣，擁琴來迎帝曰：『勿上，必傷指。』帝上，左指折。爲丘公立祠。」又曰：「崔文子，泰山人，好黃老術，潛居山下，作黃丸賣藥。有疫氣者，飲藥即愈。」

此時前後，有「泰山老父者，莫知姓字。漢武帝東巡狩，見老翁鋤於道傍，頭上白光高數尺。怪而問之。老人狀如五十許人，面有童子之色，肌膚光華，不與俗同。帝問有何道術。對曰：『臣年八十五時，衰老垂死，頭白齒落。遇有道者，教臣絕穀，但服朮飲水，並作神枕，枕中有三十二物。其三十二物中，有二十四物以當二十四氣，八毒以應八風。臣行之，轉老爲少，黑髮更生，齒落復出，日行三百里。臣今一百八十歲矣。』帝受其方，賜玉帛。老父後入岱山中。每十年、五年，時還鄉里。三百餘年，乃不復還。」（《太平廣記》卷一一《泰山老父》注「出《神仙傳》」）

元封五（前106）年乙亥，春三月，帝南巡還，至泰山修封，於明堂祀高祖，以配上帝，朝會諸王侯，受郡國計。（《漢書‧孝武本紀》）

按：泰山封禪本身包括上封與降禪兩大活動，還要朝會諸王侯，從而天子一行之外，諸王侯也要從全國各封地趕來，是一次聲勢浩大的政治活動，是平時期在京城以外舉行的最大政治典禮和君臣聚會。其具體影響有二：一是天子藉泰山封禪以鞏固提升了自己的權威，二是天子經行各地特別是泰山郡以奉高、博陽二縣並爲郡治，程度不同地在經濟有或損或益的影響，而在精神文化上則大開眼界，博縣、奉高所受影響最大，是泰山封禪文化最重要的承載之地。

　　太初元（前104）年丁丑，十月，帝至泰山；十一月，於明堂祀上帝；十二月，禪高里山（俗稱蒿里山，在今泰安城西南）。（《史記‧封禪書》）

　　約此時前後於博建泰山廟，即今岱廟。《後漢書‧祭祀志》李賢注：「泰山廟在博縣。《風俗通》曰：『博縣十月祀岱宗，名曰合凍，十二月涸凍，正月解凍。太守潔齋，親自執事，作脯廣一尺，長五寸。既祀訖，取泰山君夫人坐前脯三十朐，太宗拜章，縣次驛馬，傳送雒陽。』」（東漢《西嶽華山廟碑》《漢書‧地理志》）

　　太初三（前102）年己卯，四月，帝東巡海上還，過泰山行封，禪石閭山（在泰安城南四十里）。（《史記‧封禪書》）約於本次前後，《史記》作者司馬遷北遊汶泗，並從封泰山，故自謂：「余從巡祭天地諸神名山川而封禪焉」。所著《史記‧封禪書》記武帝泰山封禪事甚詳。（《史記‧孝武帝紀》）

　　天漢二（前99）年壬午，帝詔命鑄鼎置於泰山。鼎高四尺，以銅銀鑄就，其形如甕，三足。篆書銘文：「登於泰山，萬壽無疆；四海寧謐，神鼎傳芳。」（虞荔《鼎錄》，《漢魏叢書》本）

　　天漢三（前98）年癸未，三月，帝至泰山，修封禪之禮，祀明堂。（《史記‧封禪書》）

　　此時前後，漢武帝於泰山下廟（今岱廟）植柏，今存。《太山記》曰：「山南有太山廟，種柏千樹，大者十五六圍，長老傳雲漢武帝所種。晉有華林園柏二株。」

　　太始四（前93）年戊子，三月，帝東巡泰山，鑄鼎高四尺，銀銅爲之，形如甕，三足，篆書「登於泰山，萬壽無疆，四海寧謐，神鼎傳芳」。祀高祖、

景帝於明堂。登封，禪石閭山。(《漢書・武帝紀》《虞荔鼎錄》) 鼎後佚不存。

征和四年（前 89）壬辰，三月，帝封泰山，禪石閭山（今泰安市區南 40 里），祀明堂。(《漢書・武帝紀》) 這是漢武帝最後一次至泰山，曾駐蹕泰山東南之新甫山（今新泰市泉溝鎮境）。新甫有甘露堂、望仙臺、迎仙殿、侯城、漢武帝廟、漢武帝碑，皆傳爲漢武帝遺迹。(《岱覽》《光緒新泰縣志》)

> 按：漢武帝劉徹（前 156～前 87 年），西漢第六位皇帝。前 140 年繼位，時年十七歲，在位五十四年，是漢朝和中國歷史上少數雄才大略的君主之一。其文治武功之餘，於前 110 年四十六歲第一次封禪泰山，至前 89 年最後一次泰山修封，共二十二年間九至泰山，八次封禪，五次上封，四次祭明堂，一次置石，一次置鼎。其有事於泰山之頻繁，歷代帝王中前無古人，後無來者。古代諸帝王中，漢武帝「罷黜百家，獨尊儒術」，又最崇泰山，可謂儒家與泰山的第一個知音。爲弘揚儒學與泰山文化計，當立漢武帝廟祀之。漢武帝廟，舊時泰山、新泰等地曾有之，但在泰山者已廢，當時亦非重要景觀。

西漢昭帝（劉弗陵）「元鳳三（前 78）年正月，泰山蕪萊山南洶洶有數千人聲。民往視之，有大石自立，高丈五尺，大四十八圍，入地深八尺，三石爲足。石立後，有白鳥數千集其旁。宣帝中興之瑞也。」(干寶《搜神記》卷六)

西漢元帝（劉奭）永光四（前 40）年辛巳，史游官黃門令（前 48～前 33），作《急就章》，有曰：「師猛虎，石敢當，所不侵，龍未央。」後世泰山「石敢當」之名可溯源於此。學者周郢《「石敢當」與泰山文化》考證認爲，「泰山石敢當」的原型爲泰安徂徠山「石氏祖人」，附記更引前代學者稱「泰山石敢當，即徂徠先生石介之三曾祖石路賓也。」〔註 5〕

漢宣帝（劉詢）地節四（前 66）年乙卯，霍光後人謀廢宣帝，長安「男子張章先發覺，以語期門董忠，忠告左曹楊惲，惲告侍中金安上。惲召見對狀，後章上書以聞。侍中史高與金安上建發其事，言無入霍氏禁闥，卒不得遂其謀，皆讎有功。封章爲博城侯，忠高昌侯，惲平通侯，安上都成侯，高

〔註 5〕周郢《泰山與中華文化》，山東友誼出版社 2010 年版，第 265 頁。

樂陵侯。」(《漢書卷・霍光列傳》)。

元康元（65）年丙辰，三月，詔以「乃者，鳳皇集泰山、陳留，甘露降未央宮」云云，大赦天下。(《漢書・宣帝紀》)

神爵元（前 61）年庚申，正月，詔祭五嶽四瀆，「祀東嶽於博縣」。(《漢書・郊祀志》《漢紀》卷十九)

新皇帝（王莽）地皇四（23）年壬午，漢帝劉玄更始元年，周代諸侯淳于公之後來居於泰山博縣，漸成巨族。其後裔淳于涎爲北魏大臣。今泰安市岱嶽區西南有淳于村。(《元和姓纂》卷三、《魏書・淳于涎傳》)

天鳳元（前 14）年甲戌，詔擬封禪泰山，製玉牒，鑴文「封壇泰山新室昌」(玉牒殘片 2000 年 11 月於漢長安城 4 號宮殿遺址出土)。因泰山爲赤眉軍所據而罷。〔註6〕

天鳳五（前 18）年戊寅，琅琊民樊崇在莒起義，旋轉入泰山，先後據守徂徠山天平寨、泰山天勝寨以及南城等。部眾以紅染眉爲記，故號赤眉軍。樊崇等三首領自號「尤徠三老」（尤徠爲徂徠山別名）。建武元年，立漢宗室、泰山式縣（今寧陽縣境）人劉盆子爲帝，先後與王莽、劉玄軍戰，後降劉秀。光武三年七月，樊崇等以謀反誅。劉盆子得光武哀憐，善終。(《後漢書》劉盆子傳、五行志，《水經注》卷二四《汶水》)

東漢光武帝（劉秀）建武元（25）年乙酉，劉秀建國稱帝，史稱東漢。同年齊地豪強張步（步，明任弘烈《泰安州志》作「布」）攻佔泰山等七郡，與劉秀爲敵。(《後漢書・張步傳》)

汉光武帝刘秀

〔註6〕中日聯合考古隊《漢長安城桂宮四號建築遺址發掘簡報》，《考古》2002 年第
　　　1 期；周郢《泰山志校證》，黃山出版社 2005 年版，第 148～150 頁；周郢《王
　　　莽封禪玉牒索隱》，臺灣《故宮文物月刊》第 231 期，2002 年 6 月號。

建武四（28）年戊子，十二月，命大將陳俊爲泰山太守，敗張步於嬴，遂定泰山。（《後漢書·陳俊傳》）同年，東郡太守耿純率兵攻更始帝所屬東平，太守范荊以城降，繼破「泰山賊」。（《後漢書·耿純傳》）

建武三十（54）年甲寅，二月，武帝東巡，大臣張純奏請封禪，光武帝以「即位三十年，百姓怨氣滿腹」爲由不許。三月，帝巡狩魯地過泰山，命官員祀泰山及梁父山。（《後漢書》光武帝紀、祭祀志）

建武三十二（56）年丙辰，帝因符讖中有「赤劉之九，令命岱宗」之語，東巡至奉高，登封泰山，刻石紀功，禪於梁父，改元建武中元。隨行馬第伯撰《封禪儀記》，是最早詳記封禪儀式之文，也是中國最早的遊記散文。（清孫星衍輯《漢官六種》，《東觀漢記》，《後漢書》光武帝紀、祭祀志等）

漢章帝（劉炟）元和二（85）年乙酉，二月，東巡至泰山，以柴禮祭告，祀明堂。於汶陽立行宮（世稱闕陵城，故址在今寧陽崘上）。大赦天下，詔免博、奉高、嬴三縣租賦。《漢書》作者史學家班固隨行封禪，撰《東巡賦》等。（《後漢書》章帝紀、班彪傳，《後漢紀》卷十二，《水經注》卷二四《汶水》等）

《汉书》作者班固

漢安帝（劉祜）延光三（124）年甲子，二月，帝東巡至泰山郡，柴禮祭泰山，祀明堂。馬融進《東巡賦》。（《後漢書》章帝紀、馬融傳，《後漢紀》卷十七）

漢章帝（76～88）至順帝（126～144）朝，涿郡安平（今河北安平）人崔瑗（78～143），字子玉，草書與杜度並稱「崔、杜」。《太平廣記》卷二○九《崔瑗》載：「崔瑗字子玉，安平人。曾祖蒙，父駰。子玉官至濟北相，文章蓋世，善章草書。師於杜度，媚趣過之。點畫精微，神變無礙，利金百鍊，美玉天姿，可謂冰寒於水也。袁昂云：『如危峰阻日，孤松一枝。』王隱謂之『草賢』，章草入神，小篆入妙。」

漢桓帝（劉志）延熹四（161）年，六月庚子（十三日），「岱山及博尤來山並頹裂」，李賢注：「博，今博城縣也。太山有徂來山，一名尤來。」（《後漢書》桓帝紀、五行志）

漢靈帝（劉宏）建寧二（169）年，十月，泰山羊陟時爲「八顧」之一，泰山胡毋班、東平張邈並爲「八廚」之一，皆有聲鄉里；泰山羊續爲竇武府吏，因與謀誅宦官，被削職禁錮。（《後漢書・黨錮傳》）

光和二（179）年壬戌，著名學者、宮廷樂官蔡邕因事流亡，來依泰山羊氏，居止泰山十二年，嫁女與羊續之子羊道。（《後漢書・蔡邕傳》《晉書・景獻羊后傳》）

中平元（185）年乙丑前後，諸葛亮（181～234）父諸葛珪任泰山郡丞。亮字孔明，琅邪陽都（今山東沂南）人。幼隨父任，居奉高（今泰城東五十里故縣村），得睹泰山形勝，故其「好爲《梁父吟》」（《三國志・蜀書・諸葛亮傳》）。

中平六（189）年己巳，著名學者應劭（約153～196）始任泰山太守，在任六年。所作《風俗通義》，有關泰山博縣內容（王利器《風俗通義校注・敘例》）；同年七月，大將軍何進謀誅宦官，其府掾泰山人王匡、騎都尉鮑信還鄉里募兵。八月，鮑信引所募兵自泰山都，而何進已爲宦官所害，董卓專權，鮑信引兵返泰山。（《三國志・魏書》武帝紀、鮑勳傳）

漢獻帝（劉協）初平二（191）年辛未，應劭在泰山太守任中組織軍民抗擊黃巾軍，斬首數千級，郡賴以安。（《後漢書・應劭傳》）

初平三（192）年壬申，青州黃巾眾百萬入兗州，泰山人鮑信與州吏萬潛等至東郡，迎曹操領兗州牧，擊黃巾於壽張東。信力戰死，僅而破之。曹操購求信喪不得，眾乃刻木如信形狀，祭而哭焉。追，黃巾至濟北乞降。冬，受降卒三十餘萬，男女百餘萬口，收其精銳者，號爲青州兵。（《三國志・魏書》武帝紀、鮑勳傳）

按：據《後漢書・地理志》，此濟北是濟北國，分泰山郡治，都盧（今濟南市長清區）。

建安元（196）年丙子，曹操以「泰山郡界廣遠，舊多輕悍，權時之宜，可分五縣爲嬴郡」，並舉糜竺爲太守。（《三國志・蜀書・糜竺傳》）然未列五縣之名。

此期，曹操有《氣出唱》詩，首云：「駕六龍乘風而行。行四海外，路下之八邦。歷登高山臨溪谷，乘雲而行。行四海外，東到泰山。仙人玉女，下來翱遊。」（《樂府詩集》卷二十六《相和曲上》）

此前，俗已流傳泰山「治鬼」之說，謂「泰山神爲天帝孫，主召人魂，知人命長短」。故時人許峻、管輅、劉楨、曹植、應璩等名流皆有「魂歸岱宗」之語。（顧炎武《日知錄》卷三〇「泰山治鬼」、趙翼《陔餘叢考》卷三五「泰山治鬼」）

四、魏晉南北朝隋時期（220～618）

三國・魏文帝（曹丕）黃初元（220年）年庚子，曹操次子、大詩人曹植以縣侯就國臨淄。後改封甄城侯、東阿王，往返屢經奉高，遊泰山有詩，推崇黃帝云：「封者七十帝。軒皇元獨靈。餐霞漱沆瀣。毛羽被身形。發舉蹈虛廓。徑庭升窈冥。同壽東父年。曠代永長生。」（曹植《驅車篇》）十一月，文帝以「阼燎」（在宮殿東階燃火）祭泰山等五嶽。（《三國志・魏書・文帝紀》）

明帝（曹叡）太和四（230）年庚戌，前後中護軍蔣濟奏請封禪，不允。繼爾又詔高堂隆（泰山平陽人）草封禪儀，未成，而高堂隆卒。帝以爲「天不欲成吾事」，封禪事遂寢。（《三國志・魏書・高堂隆傳》《宋書・禮志》）

魏元帝（曹奐）景元四（263）年癸未，數學家劉徽注《九章算術》時，以測望法量泰山高度約當今海拔 1820 米。（郭書春《劉徽與泰山測高法》，《歐洲時報》（法國）1993-04-21）

西晉武帝（司馬炎）太始四（268）年戊子，泰山「崩墜三里」。（《晉書·五行志》）

太康元（280）年庚子，九月，尚書令衛王瓘、司空張華等以平吳後天下一統，三請封泰山、禪梁父。武帝以「刑政未當，百姓未安」辭。（《晉書·禮志》）

太康二年（281）年辛丑，六月，泰山大水成災，河流三百餘家，死六十餘人。（《晉書·五行志》）

此時前後，西晉張華（232～300）著《博物志》，載有泰山神女故事云：太公爲灌壇令，文王夢見婦人哭當道，問其故，曰：「吾太山神女，嫁爲西海婦。吾行必以暴風雨，灌壇令當吾道，不敢以疾風暴雨過也。」夢覺，召太公語焉。三日，果疾風暴雨過。華，字茂先。范陽方城（今河北固安）人。西晉時期政治家、文學家。

晉成帝（司馬衍）咸和二（327）年丁亥，干寶撰《搜神記》卷一載「魏濟北郡從事弘超」夢神女來爲夫婦故事，末云「張茂先爲之作《神女賦》」。（晉干寶撰《搜神記》汪紹楹校注本。又《太平廣記》卷六一據《集仙錄》題作《成公智瓊》，末附張茂先《神女賦序》）
　　　　按：據《三國地理志》，此濟北乃曹魏之濟北國，都盧（今濟南市長清區）。

東晉穆帝（司馬聃）升平三（359）年乙未，泰山府君信仰盛行。六月，信眾立《泰山君改高樓碑》於泰山廟（今泰城東嶽廟）。（《金石錄》卷二）

前秦帝（符堅）建元十八（382）年壬午，伐晉，欲滅晉後「回駕岱宗，

告成封禪」，後以兵敗未果。（《晉書‧符堅載記》）

南朝宋文帝（劉義隆）元嘉二十六（449）年己丑，五月，宋尙書吏部郎袁淑奏請「檢玉岱宗」即封禪泰山。文帝遣使考察泰山舊道，詔學士山山謙之起草《封禪儀注》。後因魏軍入侵罷。（《宋書》禮志、袁淑傳）

北魏太武帝（拓跋燾）太平眞君十一（450）庚寅，十月，伐宋至東平；十一月赴鄒山，途經泰山，祭以太牢（三牲）。（《魏書》世祖紀、禮志）

南朝宋孝武帝（劉駿）大明元（457）年丁酉，七月，白雀見泰山。十一月，太宰、江夏王劉義恭表請「具竦石繩金之儀」，即封禪泰山。帝以德寡謝絕。（宋書‧禮志》）

太和十九（495）年乙亥，十月，孝文帝伐齊北還，至瑕丘（今兖州），遣使以太牢祭泰山，帝作《祭岱嶽文》。（《北史‧孝文帝紀》）

梁武帝天監二（503）年癸未，征西鄱陽王諮議，兼著作郎，待詔文德省許懋，因「時有請封會稽禪國山者，高祖雅好禮，因集儒學之士，草封禪儀，將欲行焉。懋以爲不可，因建議」曰：

臣案：舜幸岱宗，是爲巡狩，而鄭引《孝經鉤命決》云：「封於泰山，考績柴燎，禪乎梁甫，刻石紀號。」此緯書之曲說，非正經之通義也。……燧人、伏羲、神農三皇結繩而治，書契未作，未應有鐫文告成。且無懷氏，伏羲後第十六主，云何得在伏羲前封太山禪云云？……神農與炎帝是一主，而雲神農封太山禪云云，炎帝封太山禪云云，分爲二人，妄亦甚矣。若是聖主，不須封禪；若是凡主，不應封禪。當是齊桓欲行此事，管仲知其不可，故舉怪物以屈之也。秦始皇登太山，中阪，風雨暴至，休松樹下，封爲五大夫，而事不遂。漢武帝崇信方士，廣召儒生，皮弁搢紳，射牛行事，獨與霍嬗俱上，旣而子侯暴辛，厥足用傷。至魏明使高堂隆撰其禮儀，聞隆沒，歎息曰：「天不欲成吾事，高生捨我亡也。」晉武太始中欲封禪，乃至太康議猶不定，竟不果行。孫皓遣兼司空董朝、兼太常周處至陽羡封禪國山。此朝君子，有何功德？不思古道而欲封禪，皆是主好名於上，臣阿旨

於下也。夫封禪者，不出正經，惟《左傳》説「禹會諸侯於塗山，執玉帛者萬國」，亦不謂爲封禪。鄭玄有參、柴之風，不能推尋正經，專信緯候之書，斯爲謬矣。……至於封禪，非所敢聞。高祖嘉納之，因推演懸議，稱制旨以答，請者由是遂停。(《梁書·許懋傳》)

北魏宣武帝（元恪）延昌三（514）年甲午，八月初五日，兗州奏報：「泰山崩，頹石，湧泉十七處。」(《魏書·靈徵志》)

北魏孝明帝（元詡）正光五（524）年甲辰，梁伐魏，占泰山。華陰人楊忠（隋文帝楊堅之父）年十八，客遊泰山，爲梁軍俘至江左。後北還，仕周至大司空。忠妻呂苦桃，東平人，後家齊州。(《周書·楊忠傳》、今人韓升《隋文帝傳》第二章《家世疑雲》)

東魏孝靜帝（元善見）天平二（535）年乙卯，正月，高歡叛，中書令羊深，字文淵，招引「三齊之民」，於泰山上結壘寨對抗高歡，於博縣商王屯大戰中，被高歡軍擊潰陣亡。(《魏書》《北史》羊深傳)

興和三年（541）辛酉，兗州刺史李仲璿修岱岳祠，並「虔修岱像（泰山神像）」。此爲岳廟設立泰山神像之始。(《李仲璿修孔子廟碑》)

北齊文宣帝（高詳）天保五（554）年甲戌，正月，欲封泰山，詔問「升中紀號」之儀，潁州長史樊遜上疏諫止。(《北齊書·樊遜傳》)

文宣帝天保七（556）年丙子，改泰山郡爲東平郡，領博、梁父、岱山三縣，又並博平、牟入焉。治博城。(《隋書·地理志》)

北齊後主（高緯）天統初（565～567）年，泰山封禪壇出土玉璧。(《隋書·五行志》)

北周武帝（宇文邕）建德六（577）年丁酉，北周滅齊，沿置東平郡，領博平（博）、奉高、岱山、梁父、嬴、須昌五縣，治博平。(《周書·武帝紀》

《續山東考古錄》）

隋文帝（楊堅）開皇元（581）年辛丑，廢北齊所置東平郡（原泰山郡）及北周時所置肥城郡。以東平郡所屬梁父、博、嬴等縣改隸魯郡。（《隋書‧地理志》《續山東考古錄》卷六）

開皇十四（594）年甲寅，「晉王廣率百官抗表，固請封禪。文帝令牛弘、辛彥之、許善心等創定儀注」。帝擬祀泰山，令使者送石像於泰山神祠。未久，遭野火焚毀。（《隋書‧五行志》《舊唐書‧禮儀志》）

開皇十五（595）年乙卯，正月，帝巡狩齊州、兗州，經泰山下設壇祭祀，未登山而還，有《拜東嶽大赦詔》。（《隋書‧禮儀志》《文館詞林》卷六六六）又，《舊唐書‧禮儀志》載：「（隋開皇）十五年，行幸兗州，遂於太山之下，為壇設祭，如南郊之禮，竟不升山而還。」又，《舍利感應記》載：

> 開皇十五年季秋之夜，有神光自基而上，右繞露盤，赫若冶鉼之焰。其一旬內，四度如之。皇帝以仁壽元年六月十三日，御仁壽宮之仁壽殿，本降生之日也。歲歲於此日，深心永念，修營福善，追報父母之恩。故延諸大德沙門，與論至道。將於海內諸州，選高爽清淨三十處，各起舍利塔。皇帝於是親以七寶箱奉三十舍利，自內而出，置御坐之案，與諸沙門燒香禮拜。願弟子常以正法護持三寶，救度一切眾生。乃取金瓶琉璃瓶各三十，以琉璃瓶盛金瓶，置舍利於其內，薰陸香為泥，塗其蓋而印之。三十州同刻十月十五日正午入於銅函石函，一時起塔，諸沙門等各以精舍奉舍利而行。……泰州於岱嶽寺起塔，舍利至州，其夜嶽廟內有鼓聲。天將曉，三重門皆自闢，或見三十騎從廟而出，蓋嶽神也。舍利自州之寺，未至數里，雲蓋出於山頂，五色而三重，白氣如虹，來覆舍利散成大霧，沾濕人衣。其狀如垂珠，其味如甘露。自旦至午，霧氣乃斂而歸山，分為三段，乍來乍往，如軍行然，蓋亦嶽神之來迎也。於是瓶內有聲，放光高丈餘，食頃乃滅。人審視之，見琉璃內金瓶蓋自開，瓶口有寸光如箸，炯然西指，雖急

轉終不回。如此經八日。將八函，光遂散出，還入金瓶，雲霧復起。有童子能誦法華經來禮舍利，遂燒身於野，以供養焉。明年二月六日，泰山神鼓竟夜鳴，北聽則聲南，南聽則聲北，東西亦如之。(《全隋文》卷二十《侍利感應記》)

開皇十六（596）年丙辰，改博縣稱汶陽縣，後又改博城。(《隋書‧地理志》)

隋煬帝（楊廣）大業二（606）省廢岱山（原奉高）縣入博城。《隋書‧地理志》：「博城，……有奉高縣，開皇六（586）年，改曰岱山，大業初州廢，又廢岱山縣入焉。有岱山、玉符山。」(《隋書‧地理志》)岱山即泰山。

隋代（581～618）泰山博城製瓷業發達，今岱嶽區滿莊鎮中淳于村有隋瓷窯遺址，泰山區邱家店鎮舊縣村出土這一時期製造的青瓷龍柄蹲猴盤口壺，工藝精良。(黃松《齊魯文化‧科技漫話》；《中淳于古代瓷窯跨越調查》，《考古》1986 年第 6 期)

五、唐至北宋初時期（618～972）

唐高祖（李淵）武德五（622）年壬午，以博城、梁父、嬴、肥城、岱五縣置東泰州，治博城。(舊、新《唐書‧地理志》)

武德六（623）年癸未，以萊蕪屬博城。《新唐書‧地理志》：「兗州魯郡，上都督府。……縣十：萊蕪，中。本隸淄州，武德六年省入博城。」

武德七（624）年甲申，立制於兗州祭泰山，年別一祭，以立春日舉行。又置廟令一人，齋郎三十人，祝史三人，掌管祀事。(《舊唐書》禮儀、職官志)

唐太宗（李世民）貞觀元（627）年，二月，廢東泰州，並將梁父、嬴、肥城、岱四縣併入博城，隸於兗州。(舊、新《唐書‧地理志》)

貞觀五（632）年辛卯，正月……癸未，朝集使請封禪。（《舊唐書·太宗本紀》）

貞觀六（632）年壬辰，以平突厥，年穀屢登，群臣上言請封泰山。太宗曰：「議者以封禪爲大典。如朕本心，但使天下太平，家給人足，雖闕封禪之禮，亦可比德堯、舜；若百姓不足，夷狄內侵，縱修封禪之儀，亦何異於桀、紂？昔秦始皇自謂協洽天心，自稱皇帝，登封岱宗，奢侈自矜。漢文帝竟不登封，而躬行儉約，刑措不用。今皆稱始皇爲暴虐之主，漢文爲有德之君。以此而言，無假封禪。禮云，『至敬不壇』，掃地而祭，足表至誠，何必遠登高山，封數尺之土也！」侍中王珪、秘書監魏徵亦表支持。而中外章表不已，帝因遣中書侍郎杜正倫行太山上七十二帝壇迹。是年兩河水潦，其事乃寢。（舊、新《唐書》太宗紀、禮儀志，《資治通鑒》卷一九四、《冊府元龜·帝王部·封禪》）

貞觀十一（637）年丁酉，朝議封禪之禮儀。（舊、新《唐書》太宗本紀、禮儀志）

貞觀十五（641）年辛丑，「下詔，將有事於泰山，復令公卿諸儒詳定儀注。太常卿韋挺、禮部侍郎令狐德棻爲封禪使，參考其議。時論者又執異見，顏師古上書申明前議。太宗覽其奏，多依師古所陳爲定。車駕至洛陽宮，會有彗星之變，乃下詔罷其事」；「十五年，太宗將有事太山。夷男謀於國曰：『天子東封，士馬皆集，我乘此擊思摩，若拉朽耳。』因命其子大度設勒兵二十萬寇白道川。詔李勣薛萬徹討之。大敗其眾。」（舊、新《唐書》太宗紀、禮儀志，《唐會要》）

貞觀二十一（647）年八月壬戌，「詔以河北大水，停封禪」。（《舊唐書·太宗本紀》）

唐高宗（李治）永徽二（651）年辛亥，七月，泰山洪水暴發，博城大水。

（《古今圖書集成‧職方典》卷二〇七、《(民國)重修泰安縣志》卷一《災祥》）

麟德二（665）年乙丑，「高宗即位，公卿數請封禪，則天既立爲皇后，又密贊之。麟德二年二月，車駕發京，東巡狩，詔禮官、博士撰定《封禪儀注》。(《舊唐書‧禮儀志》)

乾封元（666）年丙寅，正月，有司準備封禪；「十二月，車駕至山下」即博城縣，上封泰山，於山頂立《登封紀號文》諸碑。「儀注，封祀以高祖、太宗同配，禪社首以太穆皇后、文德皇后同配，皆以公卿充亞獻、終獻之禮。於是皇后抗表（力爭）……祭地祇、梁甫，皆以皇后爲亞獻，諸王大妃爲終獻」。新羅、百濟、耽羅、高句麗、波斯、烏萇、倭國等皆遣使侍祠，「外夷從封者三十餘人，「皆從至山下，勒名封禪碑」。(舊、新《唐書》高宗紀、禮儀志、《資治通鑒》卷二〇一、《冊府元龜‧帝王部‧封禪》)大赦天下，改博城縣爲乾封縣。(舊、新《唐書‧地理志》)又改造新錢，文曰「乾封泉寶」。二月，遣使「投龍」於泰山。投龍又稱投龍簡，是道教齋醮儀式的一個環節。(《山左金石志》卷十一《王知慎題名》；雷聞《唐代道教與國家禮儀》，《中華文史論叢》第六十八輯）泰山投龍自此始。

總章元（668）年，乾封縣改復舊名博城縣。(舊、新《唐書‧地理志》)博城縣旱，大饑。(《(民國)重修泰安縣志‧災祥》)

武（則天）周（690～705）時期，武則天先後遣使到泰山醮祭七次。(《雙碑題記》)岱嶽廟由漢址（升元觀前，即今岱宗坊西南）移建於今址。(《岱史》引至元碑）

唐中宗（李顯）神龍元（705）年乙巳，三月，遣道士阮孝波等到岱嶽觀建醮造像。中宗在位間遣使至泰山行祭三次。(《雙碑題記》)改博城縣復爲乾封

縣。有泰山，有東岳祠，有梁父山、亭亭山、奕奕山、云云山、社首山、肅然山、石閭山、蒿里山。（舊、新《唐書、地理志》）

唐睿宗（李旦）景雲二（711）年辛亥，六月，遣道士楊太希至泰山進香。八月，遣道士呂皓仙等至泰山設醮投龍璧，命重修泰山封禪壇。（《《雙碑題記》《寶刻類編》卷二）

約此時前後，張鷟著《朝野僉載》卷一載：「郝公景於泰山採藥，經市過。有見鬼者，怪群鬼見公景皆走避之。遂取藥和為『殺鬼丸』，有病患者服之差。」

唐玄宗（李隆基）開元八（720）年庚申，六月，遣道士任無名等至泰山投龍，詔兗州都督韋元、王圭派員於泰山構築道觀。（《雙碑題記》）

開元十二（724）年甲子，吏部尚書崔日用請封禪泰山，不許。後屢有廷臣奏請，仍遜謝不許。閏十一月，大臣裴漼、張說等亦先後請封，乃詔以明年十一月有事於泰山。（舊、新《唐書·崔日用傳》《冊府元龜》卷三六《帝王部·封禪》）

開元十三（725）年乙丑，十一月十日，封禪隊伍數萬人至泰山，行宮去山趾五里，西去社首山三里。封泰山，「己丑，日南至，大備法駕，至山下。玄宗御馬而登，侍臣從」。「宿齋山上」。禪社首山。日本、新羅、大食等數十國皆遣使陪祀。禮成，詔封泰山神為天齊王，命拓修泰山廟，令群臣會飲七天，（舊、新《唐書·禮儀志》《冊府元龜·帝王部·封禪》《唐六典》）召徂徠山隱士王希夷問道義，甚悅其言。（《大唐新語》卷十《隱逸》）

此時前後北方飲茶起自泰山。《封氏聞見記》卷六《飲茶》：

 茶，早採者為茶，晚採者為茗。《本草》云：「止渴，令人不眠。」

南人好飲之，北人初不多飲。開元中，太山靈巖寺有降魔師大興禪教，學禪務於不寐，又不夕食，皆恃其飲茶。人自懷挾，到處煮飲。從此轉相仿傚，遂成風俗。起自鄒、齊、滄、棣，漸至京邑。城市多開店鋪，煎茶賣之，不問道俗，投錢取飲。其茶自江淮而來，舟車相繼，所在山積，色類甚多。楚人陸鴻漸爲《茶論》，說茶之功效並煎茶炙茶之法，造茶具二十四事，以都統籠貯之。遠遠傾慕，好事者家藏一副。有常伯熊者，又因鴻漸之論廣潤色之。於是茶道大行，王公朝士無不飲者。

約此時前後，泰山、汶水路邊嘉植杞柳。《初學記》：「杞柳生水旁，樹如柳。葉粗而白，木理微赤，今人以爲車轂。今淇水旁，魯國泰山汶水邊路，純杞柳也。」（卷二八《木部·柳第十七》）

開元十四（726）年丙寅，九月，玄宗撰書《紀泰山銘》，摩刻於岱頂峭壁（今大觀峰）。又詔大臣張說、蘇源明、蘇廷頎分撰封祀、社首、朝覲諸頌，皆鐫石泰山。（舊、新《唐書·禮儀志》《冊府元龜·帝王部·封禪》）詔授徂徠山隱士王希夷任中散大夫、守國子博士。（《大唐新語》卷十《隱逸》）

開元十九（731）年辛未，五月，玄宗敕五嶽各置真君祠，東嶽之祠建於岱頂。（舊、新《唐書·司馬承禎傳》）

開元二十四（736）年丙子，本年前後名士蘇源明（後任東平太守）讀書泰山十載，杜甫與之結交，後在其《八憶》詩中有源明「讀書東嶽中，十年考墳典」之句。（郭沫若《李白與杜甫·李杜年表》）

開元二十五（737）年丁丑前後，詩人杜甫漫遊齊魯，登泰山，賦《望嶽》等詩。（蕭滌非《杜甫研究》）；著名女冠焦靜真居泰山。焦氏時已百餘歲，詩人王維、李白、李頎皆曾與之交遊。（王維《贈東嶽焦煉師》詩）。

開元二十八（740）年庚辰，詩人李白寓居東魯期間，曾與孔巢父、韓準、裴政、陶沔、張淑明隱於徂徠山竹溪（今岱嶽區良莊鎮高胡莊二聖宮附近），詩酒唱合，時稱「竹溪六逸」。（舊、新《唐書》李白、孔巢父傳）

天寶元（742年）壬午，遣專使分赴五嶽致祭。此後至文宗朝（827～840）遣祭泰山使者頻出。四月，詩人李白遊泰山，四月上泰山，石屏御道開。賦《遊泰山六首》題下自注「天寶元年四月從故御道上泰山」，詩中提及「玉女」「安期生」「玉眞」等泰山仙人。（舊、新《唐書》《全唐詩》第一七九卷）

天寶四（745）年乙酉，詩人高適客居東平，曾遊汶陽、泰山一帶。有《東平旅遊奉贈薛太守二十四韻》等詩。（孫欽善《高適集校注》附《高適年譜》）

天寶十一（752）年壬辰，遣朝議郎孫惠仙諸人修整岱嶽廟告成。（岱廟《修嶽官題名碑》）

唐代宗（李豫）大曆五（770）年，遣使王某致祭泰山，女冠張煉師陪祭，並題記桃源峪。（張煉師桃源峪題名、宋葛立方《韻語陽秋》卷二〇）

大曆七（772）年壬子，正月，遣內侍魏成信等至岱嶽觀修齋，並往瑤池（今王母池）投告。八年（773）癸丑，九月，又遣魏成信到泰山修齋投告，並爲高宗、玄宗封禪諸碑建碑樓六座。（《雙碑題記》）

唐德宗（李适）建中元（780）年，以新君嗣位改元，遣官致祭泰山。（《雙碑題記》）

貞元年間，封演著《封氏聞見記》卷七稱：「海內溫湯甚眾，有新豐驪山湯，藍田石門湯，岐州鳳泉湯，同州北山湯，河南陸渾湯，汝州廣成湯，兗州乾封湯，邢州沙河湯。」

按：兗州乾封即今泰安市岱嶽區舊縣附近，今有溫泉，相傳「能愈疾」。

唐憲宗（李純）元和元（806）年丙戌，陳鴻作《長恨傳》曰：

> 唐開元中，泰階平，四海無事。玄宗在位歲久，……以聲色自娛。……詔高力士，潛搜外宮，得弘農楊玄琰女於壽邸。既笄矣，鬢髮膩理，纖中度，舉止閒冶，如漢武帝李夫人。別疏湯泉，詔賜澡瑩。既出水，體弱力微，若不任羅綺，光彩煥發，轉動照人。上甚悅。進見之日，奏《霓裳羽衣》以導之。定情之夕，授金釵鈿合以固之。又命戴步搖，垂金璫。明年，冊爲貴妃，半后服用。由是冶其容，敏其詞，婉孌萬態，以中上意，上益嬖焉。時省風九州，泥金五嶽，驪山雪夜，上陽春朝，與上行同輦，止同室，宴專席，寢專房。雖有三夫人、九嬪、二十七世婦、八十一御妻，暨後宮才人、樂府妓女、使天子無顧盼意。自是六宮無復進幸者。（《太平廣記》卷四八六）

> 按：上引有「省風九州，泥金五嶽」句，實已涉及泰山封禪，但玄宗得楊妃在開元十三年泰山封禪之後，再沒有去過泰山，故此爲小說家虛構之言。但由此可以見得，小說家有意無意間已經把楊妃故事與泰山封禪聯繫起來。

唐憲宗（李純）元和十四（819）年己亥，潮州刺史韓愈上表，奏請皇帝封禪，以憲宗去世未成。（《韓昌黎全集》卷三十九《潮州刺史謝上表》，《全唐詩》卷三五六劉禹錫《平齊行》、卷四八七鮑溶《聞國家將行封禪聊述臣情》詩）

約此時前後乾封縣於城西南隅建郭頭寺，宋代遷於近汶河處重建，宋大中祥符間改稱天封寺。久圮，遺址在東舊縣村東。（清乾隆《泰安縣志》）

元和十五（820）年庚子，武（則天）周長安四（704）年甲辰以廢嬴縣復置之萊蕪，於本年省入乾封。（《新唐書·地理志》）

唐文宗（李昂）大和八（834）年甲寅，春，乾封縣人建先儒林放祠於放城集（今新泰放城）。（《林放祠記》殘碑（《金石萃編》卷一〇八））詩人李商隱遊泰山，著文中有「東至泰山，空吟梁父」之句。（張采田《玉谿生年譜會箋》）

　　唐武宗（李炎）會昌五（845）年乙丑，七月，敕並省天下佛寺。泰山一帶「像返真空，僧還故里，殿塔成而卻摧」，受劫慘重。至大中元（847）年禁令放鬆，佛寺又陸續復興。（《舊唐書・武宗紀》、肥城《廣明間陁羅尼經幢序》）

　　唐宣宗（李忱）大中元（847）年丁卯，九月，日本國入唐請益僧圓仁自山東歸國，其所攜法物中有泰山府君造像，泰山神信仰自此傳入日本。（《元亨釋書》、日本平河社《道教》第三冊）

　　唐僖宗（李儇）乾符五（878）年戊戌，五月，黃巢部過泰山以西陶山一帶，沿途概不擾民。（肥城《陁羅尼經幢序》）

　　中和四（884）年甲辰，六月十七日，黃巢兵敗退入泰山，自刎死於泰山狼虎谷之襄王村（今萊蕪市牛泉鎮境）。（舊、新《唐書・黃巢傳》等）中和初童謠：「黃巢走，泰山東，死在翁家翁。」（《全唐詩》第八七八卷）

　　後梁太祖（朱全忠）開平三（909）年己巳，遣官致祭泰山。（《全唐文》卷一〇一梁太祖《祭告東嶽詔》等）

　　宋太祖（趙匡胤）建隆元（960）年庚申，北周檢校太傅、殿前都點檢趙匡胤代周稱帝，改國號曰宋，下詔沿舊制，在兗州祭祀泰山。六月，以平定澤潞事變，又遣派官員祭泰山廟。（《續資治通鑒長編》卷九、《文獻通考》卷八三《郊社》）

　　乾德二（964）年甲子，七月，泰山大水，毀民田舍、死牛畜甚多。（《宋史・五行志》）

　　開寶五（972）年壬申，詔遷乾封縣治所至岱嶽鎮（今泰安老城址），「以就嶽廟（今岱廟）」。（《宋史・地理志》《天封寺碑記》《大定宣聖廟記》）

　　至此，博城作為泰安政治、經濟、文化中心歷史終結。

第三章　博城文化的類型與特點

清顧祖禹《讀史方輿紀要》概論泰安州歷代沿革與形勢特點曰：

> 泰安州，（濟南）府南百八十里。南至兗州府百三十里，西至兗
> 州府東平州百八十里，西南至兗州府濟寧州二百二十里，西北至東
> 昌府三百七十里。春秋、戰國時齊地。秦屬齊郡。漢爲泰山郡地，
> 一云即漢初濟北郡，郡治博陽。六年，以濟北、博陽二郡封齊，尋
> 又置泰山郡，治奉高。武帝又以奉高、博陽並爲郡治。或謂博陽即
> 博也，恐誤。晉及後魏因之。隋郡廢，屬兗州。大業初，屬魯郡。
> 唐武德五年，置東泰州。貞觀初，州廢，仍屬兗州。天寶初，屬魯
> 郡。乾元初，復故。宋仍屬兗州。金置泰寧軍，又改泰安軍。大定
> 三十三年，升爲泰安州。元初，屬東平路，後隸濟南路。明初屬濟
> 南府，以州治奉符縣省入編戶九十七里，領縣二。今仍爲泰安州。
> 州北阻泰山，南臨汶水，介齊魯之間，爲中樞之地。山東形勝，莫
> 若泰山，泰山之形勝，萃於泰安。繇此縱橫四出，掃定三齊，豈非
> 建瓴之勢哉？（卷三十一・山東二》）

以上引文歷敘泰安地理方位建置沿革，以泰安州「介齊魯之間，爲中樞
之地」，爲山東一省形勝之所萃，有「縱橫四出，掃定三齊，……建瓴之勢」，
雖具體所論爲清代泰安州，但實際也闡明了泰安州前身之宋前博城的歷史特
點。而從以上「大事記」綜觀可知，博城乃泰山——汶水之間先民最早開發
之區，春秋戰國秦漢兵家必爭之地，歷代泰山封禪帝王駐蹕致祭或東巡必經
之所，儒、道、釋、墨、法、兵、俠以及詩家樂人等諸子百家薈萃，是古有
輝煌、今存勝迹的郡城、王都、名州、古縣，歷史悠久，文化燦爛，豐富複

雜，通融多變。主要有有以下四種類型，即帝王封禪文化、黃老道教文化、儒家聖賢文化、詩樂民俗文化。分述如下。

一、博城文化的類型

（一）帝王封禪文化

1、何謂封禪

封禪中國古代國家祭祀天地最高規格的禮儀。封的本義是聚土掩埋。《禮記・王制篇》：「『不封不樹』，鄭注曰：『封，謂聚上爲墳』。無封，言不爲墳也。」禪，本作墠，指經過除草、整治的郊外的土地。但「封禪」之「封」，卻指祭天禮成後瘞埋祭品的儀式；而後墠改禪，「封禪」之「禪」則是指祭地禮成後瘞埋祭品的儀式。

「封」與「禪」雖一爲祭天，一爲祭地，但二者與普通祭祀天地的儀式有三大不同：

一是二者是同一典禮的前後過程，故曰「封禪」；

二是都憑籍山體並最多在泰山舉行，通常視以爲祭山的禮儀，實則不然，是憑藉泰山舉行的祭祀天地的典禮；從各種歷史的記載看，古代封禪雖然不限於泰山，但是今見史料表明封禪自泰山始，並一直以泰山爲主。所以，自古有學者以帝王封禪就是泰山封禪；

三是由最高統治者即天子親自主持完成，規模最爲盛大，故唐人視爲「大典」，今泰安有演出封禪日《封禪大典》。

2、為何封禪

中國古人自走出叢林，開始農耕生活，便逐漸從自身的經驗得出「天人合一」〔註1〕的認識。「天人合一」的主導在天，人受天命，時時處處要按照天的意志行事並通過祭祀祈求天的護祐。所以古代國家有兩件大事，即所謂「國之大事。在祀與戎」（《左傳・成公十三年》）。「戎」即戰爭，「祀」爲祭祀。祭祀中最重要的就是祭祀天地。而祭祀天地的最高禮儀就是封禪。

封禪的目的，傳統說法有二：

〔註1〕〔西漢〕董仲舒《春秋繁露》卷第十二《陰陽終始第四十八》：「天亦有喜怒之氣，哀樂之心，與人相副，以類合之，天人一也。」〔宋〕張載《張載集・正蒙・乾稱篇第十七》：「儒者則因明致誠，因誠致明，故天人合一，致學而可以成聖，得天而未始遺人，易所謂不遺、不流、不過者也。」

一是據《史記・封禪書》題下〔正義〕曰，泰山封禪的上封是「祭天，報天之功」，下禪是「除地，報地之功」。禪，本作墠。改禪，「神之也」。都是由於「易姓而王」，乃受天命治理天下，所以受命之後，要向上天報告，其實是以向上天報告的名義，向天下臣民宣示強調其政權受之於「天命」的合法性。即《五經通義》云：「易姓而王，致太平，必封泰山，禪梁父。荷天命以爲王，使理群生，告太平於天，報群神之功。」

二是如《漢書》所稱「縉紳之屬皆望天子封禪改正度也」《郊杞志》，也就是根據「五德終始」「三統說」，通過封禪確認本朝受命之屬，制定新朝律曆服色等。

但自秦始皇、漢武帝，泰山封禪就漸漸變成了主要是帝王個人祈求升仙的表演了。我們看《史記》《漢書》有關記載，二帝封禪的目的，基本上不涉及國泰民安之想，而中心只在其自己能夠不死和死後成仙，就可以知道了。

此後除光武帝封禪較近古義，其他唐高宗、唐玄宗、宋真宗的封禪，雖然沒有明確求仙之意，但也是各隨其一時之想，與「自古受命帝王」「易姓而王」的封禪之義，也相去甚遠了。

所以，按從《封禪書》所記和後世帝王泰山封禪的實踐看，其具體的目的，一是法古先王易姓而王天下必封禪泰山的傳統，通過封禪報答天地以宣示皇權，祈祐江山永固，國泰民安；二是帝王以封禪爲道場，求個人長生不老，脫體升仙；三是炫耀政績或神道設教以維持當下政治。

另從歷代有關封禪的記載看，封禪都不是皇上自己提出來的，多數皇帝也許真心並不想要封禪，而往往由於臣下一再告請的慫恿鼓動。至於臣下熱衷封禪的目的，除了以此吹捧皇上的功德之外，還有就是封禪能給隨封官員帶來陞官晉級的好處，相當於今天誰有了喜事就要發「紅包」。某些官員鼓動皇上封禪，往往就出於這種搶「紅包」的心理。

3、怎樣封禪

除政治上的準備之外，中國宋以前京城先後在咸陽（今陝西咸陽）、長安（今陝西西安）、洛陽（今屬河南）、汴京（今河南開封），除開封距泰山稍近之外，都有近兩千里之遙，路遠費時，一次封禪動輒數月；又隨從官員軍兵侍役眾多，各種情況複雜，耗費巨大，因此從準備到完成是一項巨大的「工程」和漫長的過程。簡略表示如下：

①官員民眾等一再奏請封禪；

②天降祥瑞（以似爲眞，或直接造假），標誌封禪時機已到；

③皇帝下詔封禪，命制《封禪儀》、整修道路等；

④擇日出發，或巡守中到達泰山；

⑤行封禪禮；

⑥於泰山上、下立碑紀念

⑦頒佈封禪恩典，包括改元等。

4、封禪的歷史

封禪之禮當源自上古巡狩祭山，由普通的祭祀泰山逐漸演進爲隆重的封禪。封禪作爲上天對人間帝王，尤其是開國之君的加冕禮，是新朝受命「天人合一」之政治合法性最高的標誌。因此，泰山封禪理論上是新朝開國之君必行的祭天大禮。但在實際上，除秦始皇、漢光武帝之外，歷代開國之君都沒能行此大典，而往往由其後盛世的子孫輩皇帝舉行。因此，封禪雖爲古代帝王的最高政治與人生理想，但眞能行此典禮者，其實也是一個異數。所以《史記・封禪書》開篇也感慨說：

> 自古受命帝王，曷嘗不封禪？蓋有無其應而用事者矣，未有睹符瑞見而不臻乎泰山者也。雖受命而功不至，至梁父矣而德不洽，洽矣而日有不暇給，是以即事用希。

這就是說，或由於功德不配，或天機未至，或自身不暇，所以「自古受命帝王，曷嘗不封禪」，但眞正實現泰山封禪的卻不多：

> 管仲曰：「古者封泰山、禪梁父者七十二家，（〔正義〕曰：《韓詩外傳》云：「孔子升泰山，觀易姓而王可得而數者七十餘人，不得而數者萬數也。」按：管仲所記自無懷氏以下十二家，其六十家無紀錄也。）而夷吾所記者十有二焉。」

這十二家分別是：

> 宓義封泰山，禪云云；神農封泰山，禪云云；炎帝封泰山，禪云云；顓頊封泰山，禪云云；帝俈封泰山，禪云云；堯封泰山，禪云云；舜封泰山，禪云云；禹封泰山，禪會稽；湯封泰山，禪云云；周成王封泰山，禪社首。

這十二家中，司馬遷僅是說「爰周德之洽維成王，成王之封禪則近之矣。可知另十一家並不可信。

按諸史記載，自遠古迄於宋眞宗，泰山封禪雖斷續有之，但中華五千年，

八十餘朝，五百五十餘位帝王，記述較詳且較為可信的，也只有以下八位帝王共十四次封禪泰山，列歷代泰山封禪年表如下：

帝號	次數	年號／(公元紀年)／駐地	目的	事略
黃帝	1	約前 26 世紀／博	宣示其易姓為王，得有天下的統治，乃受命於天，故封禪泰山以報天地之功，祈天下太平。	《史記‧封禪書》：齊人公孫卿日：「封禪七十二王，唯黃帝得上太山封。」又：「濟南人公玉帶上黃帝時明堂圖。」會諸侯，合鬼神，極頂升仙。
周成王(姬誦)	1	前 1042～1021年在位／博(博城)	同上。	封泰山，禪社首山，作明堂。
秦始皇帝(嬴政)	1	二十八 (前219)年／博陽 (博城)	宣示秦統一六國之功業，兼東巡海上以求仙。或日秦之嬴姓起於泰山嬴邑，始皇帝封禪泰山有「尋根」之意，乃屬猜測。	東巡，登泰山，「立石，封，祠祀。下，風雨暴至，休於樹下，因封其樹為五大夫。禪梁父。刻所立石」，「頌秦功德」，有句云：「登茲泰山，周覽東極。」
漢武帝(劉徹)	8	元封元 (前110)年／博城	信方士之言，效法黃帝封禪泰山，並東巡以求升仙。此外，漢武帝四歲封膠東王 (都即墨，今屬山東青島)，東巡中蠱惑武帝求仙最力的就是膠東王尚方欒大。武帝即位之初，即「尤敬鬼神之祀」，其熱衷泰山封禪並東巡以求升仙的思想行為，就應是與其自幼多相與方士相關，是神仙方術影響於政治的結果。	兩至泰山：春三月，上石；夏四月，登封，坐周明堂，割嬴、博置奉高縣，詔免博、奉高等縣租賦。
		元封五 (前106)年／奉高、博城		春三月，修封，於明堂祀高祖，以配上帝，朝會諸王侯，受郡國計。
		太初元 (前104)年／奉高、博城		十月，至泰山；十一月，於明堂祀上帝；十二月，禪高里山。
		太初三 (前102)年／奉高		過泰山行封，禪石閭山
		天漢三 (前98)年／奉高、博城		修封禪之禮，祀明堂
		太始四 (前93)年／奉高		祀高祖、景帝於明堂。登封，禪石閭山。

	徵和四（前89）年／奉高、博城		封泰山，禪石閭山（今泰城南40里），祀明堂。
漢光武帝（劉秀）	1	建武三十二（56）年／奉高、博城	宣示其中興漢朝爲帝，乃受命於天，故封禪泰山以報天地之功，祈天下太平。	東巡奉高，登封泰山，刻石紀功，禪於梁父，改元建武中元。隨行馬第伯撰《封禪儀記》。
唐高宗（李治）	1	乾封元（666）年／乾封（博城）	據《舊唐書·高宗本紀》，麟德二（665）五月頒《麟德曆》，以李勣、許敬宗，右相、竇德玄「爲檢校封禪使」，「冬十月戊午，皇后請封禪，司禮太常伯劉祥道上疏請封禪」，《禮儀志》：「高宗即位，公卿數請封禪，則天既立爲皇后，又密贊之。」	正月，封泰山，於山頂立《登封紀號文》諸碑。禪社首，祭地以皇后武則天爲亞獻。詔改博城縣爲乾封縣。
唐玄宗（李隆基）	1	開元十三（725）年／乾封（博城）	《舊唐書·禮儀志》：「玄宗開元十二年，文武百僚、朝集使、皇親及四方文學之士，皆以理化升平，時穀屢稔，上書請修封禪之禮並獻賦頌者，前後千有餘篇。玄宗謙沖不許。中書令張說又累日固請」乃可。	十一月，封泰山，禪社首山，武后亞獻。刻石立碑，詔封泰山神爲天齊王，命拓修泰山廟。
附：宋眞宗（趙恒）	1	大中祥符元（1008）年／奉符	《宋史·李沆傳》：「澶淵之盟」，眞宗信王欽若之言以爲恥，乃愀然曰：「爲之奈何？」欽若度帝厭兵，即建議曰：「唯有封禪泰山，可以鎭服四海，誇示外國。」	君臣勾結，假造天書祥瑞，封泰山，用《玉冊文》《玉牒文》，禪社首山，用《玉冊文》，立《登泰山謝天書述二聖功德銘碑》等。

　　由上表列可見，宋前三千餘年，泰山封禪無論奉行的帝王或次數均不爲多。這一方面是由於國有常祀，「其非常祀，天子有時而行之者，曰封禪巡守、視學、耕藉、拜陵」（《新唐書·禮樂志》），不是非行不可而又行之不易的禮典，另一方面也是由於歷史上封禪一直是一件有爭議的事情。鼓吹慫惥者有之，反對者亦復不少（見明汪子卿《泰山志》卷之一《封禪》等）。乃至皇帝本人，或以無可「告天」之功而不得不謙抑辭讓，或有心而無力，或欲行而

為偶然事故所阻，又或真心以為封禪無益而不從臣下之勸者，並非皇帝人人都願行和能行的。所以，泰山封禪雖歷史悠久，但真正實行者並不多，至宋真宗假托「天書」而最後一次行此「神道設教」的騙局之後，泰山封禪甚至就終於煙消火滅，而只剩下主要是常年的祭祀了。導致這樣的結果，自然有許多偶然的因素，但根本因為隨著華夏生產力和文明的發展，國人思想觀念的進步，泰山作為「神山」的觀念經歷了一個拋物線形的變遷。

5、封禪與博城

封禪必由高山的原因，是因為人登上山頂離天更近，方便向上蒼祈告。從而封禪之事，凡高山都可以為之。所以考上古文獻，封禪是否一定始自泰山可能還有疑問，但封禪之事肯定並不限於泰山。即使後世封禪以泰山為主，但直到唐宋還有嵩山等多處的封禪。乃至有《魏鄭公諫錄》卷四《對封禪》載唐太宗曾認為封禪當以嵩嶽：

> 太宗謂房玄齡等曰：「封禪是帝王盛事，比表請者不絕，公等以為何如？」公對曰：「帝王在德不在封禪。自喪亂已來，近泰山州縣，雕殘最甚。若車駕既行，不能全無使役，此便是因封禪而勞役百姓。」
> 太宗曰：「封禪之事，不自取功績歸之於天；譬如玄齡等功臣，雖有益於國，能自謙讓歸之於朕，豈似不言而欲自取。今向泰山，功歸於天，有似於此。然朕意常以嵩高，既是中嶽，何謝泰山。公等評議。」

所以，雖然後世至今一般說封禪的，往往只稱泰山。但自上古以來封禪只是高山崇祀的一種普遍行為，而泰山封禪只是集中的代表。作為自古帝王高山崇祀的集中代表，泰山封禪對於泰山「五嶽獨尊」和「神山」「國山」地位的形成起有重大推動作用。

泰山封禪的關注點一在泰山，一在皇上，但向來忽略了泰山封禪上封只是「戲眼」，而更多「情節」是在山下演出，那就是天子在山下的居住、禪祭等活動。作為「國之大事在祀與戎」（《左傳·成公十三年》）中的國家最大規模和最高規格的祭祀活動之大部分內容，作為大部分帝王封禪所駐之地及其境內進行的禪祭等活動，應該引起研究者充分的注意。這個值得注意的地點就是博縣和奉高（今泰安市岱嶽區故縣村）。

但是，一方面奉高是從博、嬴二縣分出之地，「奉高一縣素以供神」（《漢書·武帝紀》顏師古注），轄地甚小，而嬴縣在歷史上時存時廢，並最終省入

博縣；所以歷代帝王在泰山下居住和禪祭的活動，實際大都在博城境內。

《史記‧封禪書》等載管仲、孔子所云上古至周封禪者七十二家，或有或無，也都在博邑境內泰山主峰。歷史上有明確記載承前啓後的最稱關鍵的泰山封禪，即秦始皇、漢武帝封禪，和最具特色的唐高宗、唐玄宗封禪，也都在博縣（乾封）。所以，論泰山封禪相關之地，當以博縣爲首，而奉高次之。

漢以後歷代帝王泰山封禪也正是這樣對待的，如《後漢書‧祭祀志》載光武帝封禪泰山以後，「四月己卯，大赦天下，以建武三十二年爲建武中元元年，復博、奉高、嬴勿出元年租、芻稾」，就是以博、奉高和嬴縣三地並爲恩免繳納租、芻稾之地，且以博縣爲首。這也就表明宋前博城一直是泰山封禪文化最主要的承載地。

唐魏徵論封禪禮儀曰：「自我而作，何必師古。廓千載之疑議，爲百王之懿範。不使泰山之下，惟聞黃帝之法；汶水之上，獨稱漢武之圖。則通乎神時，庶幾可俟，子來經始，成之不日。」（《舊唐書‧禮儀志二》）以泰山、汶水和黃帝、漢武對舉，正是表明泰山、汶水之間以博縣爲代表的地區自古就是封禪禮儀的傳統場所，是今徂汶景區亟待繼承開發的傳統文化資源。

6、封禪新議

古代帝王封禪，興師動眾，是牽動全國、耗資巨大和有一定冒險性的政治大事。所以歷代有識之官員、儒者多不表支持。宋章俊卿（金華人，1009～1059）曰：

> 以封禪爲非古者，王仲淹也；以封禪爲不經者，李泰伯也；以封禪爲不足信者，蘇子由也。夫六經無封禪之文，帝王無封禪之事……設有是事，六經遺文豈有不載？」

又南宋馬端臨曰：

> 文中子曰：「封禪非古也，其秦漢之侈心乎？而太史公作《封禪書》，則以爲古受命帝王，未嘗不封禪，且引管仲答齊桓公之語，以爲古封禪七十二家，自無懷氏至三代俱有之。蓋出於齊魯陋儒之說，《詩》《書》所不載，非事實也。當以文中子之言爲正」（明汪子卿《泰山志》卷一《歷代儒臣封禪論》）。

又《貞觀政要》載魏徵諫阻唐太宗封禪泰山說：

> 「……且陛下東封，萬國咸萃，要荒之外，莫不奔馳。今自伊、洛之東，暨乎海、岱，萑莽巨澤，茫茫千里，人煙斷絕，雞犬不聞，

道路蕭條，進退艱阻。寧可引彼戎狄，示以虛弱？竭財以賞，未厭
遠人之望；加年給復，不償百姓之勞。或遇水旱之災，風雨之變，
庸夫邪議，悔不可追。豈獨臣之誠懇，亦有輿人之論。」太宗稱善，
於是乃止。

而古代眞儒高士，多不屑論封禪之事。宋高士林逋臨終有詩曰：「茂陵他
日求遺稿。所幸曾無封禪書。」直接表達了對泰山封禪的輕蔑和否定，乃至
後世「封禪爲儒者所羞言」。

但是，正如硬幣總有兩面，歷史地看，泰山封禪也並非一無是處。概括
而言，泰山封禪可以理解或值得稱道者，約有以下五個方面：

①泰山封禪源於古禮

《史記·封禪書》記伏犧以下封禪雖無細節的眞實，但大體屬實或相傳
如此是可以相信的。太史公不會是信口開河，而一定有所根據。因此，《史記》
既有作《封禪書》，秦始皇、漢武帝既是取法前王而封禪泰山，就一定是古有
此事，不容不載；或有不實，但大體不會是捏造。

又馬端臨引文中子（王通）但言管仲，而不說《史記·封禪書》「七十二
家」句下孔穎達〔正義〕亦引《韓詩外傳》云：「孔子升泰山，觀易姓而王可
得而數者七十餘人，不得而數者萬數也。」並按：「管仲所記自無懷氏以下十
二家，其六十家無紀錄也。」豈不是以《韓詩外傳》的作者也是「陋儒」，孔
子所說也是鑿空之談。

還有「《詩》《書》所不載，非事實也」是不對的。一方面《詩》《書》沒
有也不可能窮載當世之事，而必有所取捨，以「《詩》《書》所不載」就一定
不是事實的判斷原則有誤；另一方面秦漢以後所大肆張揚的泰山封禪在早可
能只是一種常禮，沒有後來那麼大的影響，故雖事實而《詩》《書》有可能不
載；再一方面細讀《詩》《書》，可知其未必不載。如《尚書·舜典》載舜「正
月上日，受終於文祖，……歲二月，東巡守，至於岱宗，柴望秩於山川」云
云，雖未明言封禪，但其「至於岱宗」等四嶽的「柴望」，本質上與封禪沒有
什麼不同。而且下文接說「肇十有二州，封十有二山」，豈非「上封」？又據
班固《白虎通義·封禪》認爲：「《詩》云：『於皇明周，陟其高山。』言周太
平，封太山也。」是《詩經》也曾涉及封禪。應是《詩》《書》的時代還沒有
「封禪」之名號，或已有而今存文獻中失載，所以今天看來封禪似乎是「《詩》
《書》所不載」的「齊魯陋儒之說」了。

總之，可以認爲，泰山封禪確係古禮，但如太史公所言，由於各種原因而應用者希。加以春秋戰國長期的分裂局面而數百年未再實行，所以至秦、漢先後統一，封禪之事及聞，而古禮已亡，影響淵博如司馬遷也確實知之不多，所以《封禪書》開篇就聲明說封禪大典「厥曠遠者千有餘載，近者數百載，故其儀厥然堙滅，其詳不可得而記聞云」。這進一步影響人們甚至懷疑歷史上是否有過泰山封禪了。其實人們不可懷疑管仲、孔子、司馬遷「古受命帝王，未嘗不封禪」之說。因爲，這三位聖賢不可能也沒有必要爲此假語或以不知爲知。司馬遷說漢武帝泰山封禪是因於古禮，乃屬信史。

②泰山封禪有古代王朝政治和君臣個人願望的合理性。在上古文明初啓的時代，泰山封禪在古代帝王政治是極其誠敬嚴肅的大事。它通過帝王上封「告天」和下禪「報地」的儀式，宣示以天子一人爲代表的一代王朝受命於天的資格，有利於加強和維護其天下一統的政治局面。另一方面，也是帝王籍封禪以求長生不老、臣下籍封禪以求加官受賞之寄託。故此事雖然虛妄和私鄙，卻也是人之常情。後人可以恥笑其徒勞無益和勞民傷財，但也應當諒解人類的歷史，無非各種個人欲望之合力推動向前。所以，雖然今天看來封禪不是真正的政治大智慧，但如果視以爲當時政界的一次狂歡，一個時代政治的「特色」，也有所謂「存在即合理」的一面。唐盧照鄰《登封大酺歌四首》正是這樣看待泰山封禪的：

明君封禪日重光，天子垂衣曆數長。

九州四海常無事，萬歲千秋樂未央。

日觀仙雲隨鳳輦，天門瑞雪照龍衣。

繁絃綺席方終夜，妙舞清歌歡未歸。

翠鳳逶迤登介丘，仙鶴裴迴天上遊。

借問乾封何所樂，人皆壽命得千秋。

千年聖主應昌期，萬國淳風王化基。

請比上古無爲代，何如今日太平時。

（《全唐詩》第四十二卷）

③封禪對泰山「神山」「國山」地位的形成起了關鍵的作用。泰山封禪是上古以降只有帝王親自出席並主持才能舉行的國家大祭，是古代國家祭祀中

規格最高、場面最盛大之百年難得一遇的祭祀禮儀。其伊始或因陋就簡，在古帝王不經意之間，但是能夠成爲傳統沿襲下來，卻先後得力於兩個雄才大略的帝王：一位是秦始皇，一位是漢武帝。前者於春秋戰國「禮崩樂壞」以後作始，後者於「罷黜百家，獨尊儒術」的同時也於其廣大的國土上獨尊泰山，也就是在使儒學成爲學問中的泰山同時，也把泰山推向了中國萬山之中最具魅力的「神山」和「國山」的地位，經後世帝王祭祀封禪不斷的延續，一步步促成了泰山「五嶽獨尊」的「神山」和「國山」地位。

④泰山封禪過程中帝王親至相關各地，巡察民間，解決某些實際問題。如《漢書‧溝洫志九》載：「自河決瓠子後二十餘歲，歲因以數不登，而梁楚之地尤甚。上既封禪，巡祭山川，其明年，乾封少雨。上乃使汲仁、郭昌發卒數萬人塞瓠子決河。」武帝親作歌中有云：「不封禪兮安知外？皇謂河公兮何不仁。」《新唐書‧選舉制》：「而天子巡狩、行幸、封禪太山梁父，往往會見行在，其所以待之之禮甚優，而宏材偉論非常之人亦時出於其間，不爲無得也。」

⑤留下了關於泰山封禪歷史的大量實物與文獻資料，形成多個有關封禪的重大學術問題，涉及學科範圍甚廣。如「封禪儀」「明堂」「玉牒」「玉冊」、詔告銘頌等等，客觀上構成一門可以稱爲「封禪學」的研究領域，也是一份重要的非物質文化遺產，卻至今沒有得到學界的重視和認眞的研究，除湯貴仁教授著《泰山封禪與祭祀》一書之外，鮮有專門研究泰山封禪的論著。

（二）黃帝道教文化（上）

本《論證》以上《博城大事記》表明，黃帝道教是宋前博城文化的重要方面。黃帝應實有其人。所以《史記‧五帝本紀》以黃帝打頭，歷敘黃帝、顓頊、帝嚳、堯、舜五帝作爲《史記》的首篇。其開篇曰：

> 黃帝者，少典之子。姓公孫，名曰軒轅。……軒轅之時，神農氏世衰，諸侯相侵伐，暴虐百姓，而神農氏弗能征。於是軒轅乃習用干戈，以征不享，諸侯咸來賓從。而蚩尤最爲暴，莫能伐。炎帝欲侵陵諸侯，諸侯咸歸軒轅。軒轅乃修德振兵，

治五氣，藝五種，撫萬民，度四方。教熊羆貔貅貙虎，以與炎帝戰於阪泉之野。三戰然後得其志。蚩尤作亂，不用帝命。於是黃帝乃徵師諸侯，與蚩尤戰於涿鹿之野。遂禽殺蚩尤。而諸侯咸尊軒轅爲天子，代神農氏，是爲黃帝。

以上敘黃帝的功業都與泰山——博陽沒有關係。但《五帝本紀》接敘黃帝生平就與泰山有了密切的接觸，並在與《五帝本紀》同時或前後的傳說中漸漸成爲泰山黃帝道教文化的開拓之神和最重要代表性神祇之一，有以下具體的內容：

1、黃帝生曲阜，岱頂升仙

曲阜寿丘宋景灵宫遗碑

按《史記·五帝本紀》開篇「黃帝者」句下〔正義〕引《輿地志》曰：黃帝「母曰附寶，之祁野，見大電繞北斗樞星，感而懷孕，二十四月而生黃帝於壽丘。壽丘在魯東門之北，今在兗州曲阜縣東北六里。」爲此，宋眞宗大中祥符五（1012）年改曲阜爲仙源縣，徙治壽丘，即今曲阜市舊縣村。所以，雖然有《史記·五帝本紀》載「黃帝崩，葬橋山」，《封禪書》《孝武本紀》說「黃帝採首山銅，鑄鼎於荊山下。鼎既成，有龍垂鬍髯下迎黃帝」升仙之事，但在東漢泰山太守應劭《風俗通義·正失篇》「封泰山禪梁父」的記載中卻被「俗說」引作《封禪書》說：「黃帝升封泰山，於是有龍垂鬍髯下迎黃帝；黃帝上騎，群臣後宮從者七十餘人，小臣獨不得上，乃悉持龍髯，拔墮黃帝之弓。小臣百姓仰望黃帝，不能復，乃抱其弓而號，故世因曰烏號弓」云云。應劭在漢獻帝時曾爲泰山太守，當因泰安「俗說」如此而記。所以，至晚東漢以降黃帝乘龍升仙之地有了「泰山」說的版本，並與泰山封禪密切相關（詳後）。

2、「唯黃帝得上泰山封」

按《史記·五帝本紀》載黃帝成爲天子以後：

天下有不順者，黃帝從而征之，平者去之。披山通道，未嘗寧居。東至於海，登丸山，及岱宗。

據此，參以《封禪書》所載，上引黃帝遊歷「及岱宗」應該就是封禪泰山了。所以《史記・封禪書》中說：「（黃帝）生日角龍顏，有景雲之瑞，以土德王，故日黃帝。封泰山，禪亭亭，在牟陰。」又說：「濟南人公玉帶上黃帝時明堂圖。」又引齊人公孫卿曰：「封禪七十二王，唯黃帝得上太山封。」這就是說黃帝是上古帝王封禪泰山第一個作明堂於泰山之下和唯一登頂泰山的人。故曹植《驅車篇》中有云：「封者七十帝，軒皇元獨靈。餐霞漱沆瀣，毛羽被身形。發舉蹈虛廓，徑庭升窈冥。同壽東父年，曠代永長生。」

3、黃帝於泰山「會諸侯」「合鬼神」

《史記・封禪書》：「黃帝時萬諸侯，而神靈之封居七千。」應劭注日：「黃帝時諸侯會封禪者七千人。」《韓非子・十過》載：「黃帝合鬼神於泰山，象駕車而六蛟龍，畢方並轄，蚩尤居前，風伯進掃，雨師灑道，虎狼前，鬼神在後，騰蛇伏地，鳳皇覆上，大合鬼神，作為清角。」此說「合鬼神於泰山」實與黃帝封禪說暗相關聯，是後世帝王泰山封禪「朝會諸侯」的變相。而「清角」是古樂曲名，黃帝也是傳說中在泰山創作樂曲的第一人。清角，又見《論衡・紀妖篇》。

4、黃帝於泰山下戰蚩尤，受玄女天書。

九天玄女授黃帝天書之說，見於《黃帝問玄女兵法》《龍魚河圖》《黃帝出軍訣》《黃帝內傳》《集仙錄》等書，宋人張君房輯《雲笈七籤》卷一百一十四《九天玄女傳》所載最詳，略日：

> 九天玄女者，黃帝之師聖母元君弟子也。……帝起有熊之墟，自號黃帝。……在位二十一年，而蚩尤肆虐。……帝欲征之，博求賢能，以為己助。……戰蚩尤於涿鹿。帝師不勝，蚩尤作大霧三日，內外皆迷。……帝用憂憤，齋於太山之下。王母遣使，披玄狐之裘，以符授帝曰：「精思告天，必有太上之應。」居數日，大霧，冥冥晝晦。玄女降焉，乘丹鳳，御景雲，服九色彩翠之衣，集於帝前。帝再拜受命，玄女曰：「吾以太上之教，有疑可問也。」帝稽首曰：「蚩尤暴橫，毒害蒸黎，四海嗷嗷，莫保性命。欲萬戰萬勝之術，與人除害，可乎？」玄女即授

帝六甲、六壬兵信之符，《靈寶五符》策使鬼神之書，製禓、通靈五明之印，五陰、五陽遁甲之式，太一、十精、四神勝負握機之圖，五嶽、河圖策精之訣，九光、玉節、十絕、靈幡命魔之劍，霞冠火珮，龍戟霓旗，翠輦綠綈，虯驂虎騎，千花之蓋，八鸞之輿，羽旛、玄竿、虹旌、玉鉞神仙之物，五龍之印，九明之珠。九天之節以為兵信，五色之幡以辨五方。帝遂復率諸侯再戰。蚩尤驅魑魅雜禓以為陣，雨師風伯以為衛，應龍蓄水以攻於帝。帝盡制之，遂滅蚩尤於絕轡之野、中冀之鄉，家分其四肢以葬之。由是榆罔拒命，反誅之於版泉之野。北逐獯鬻，大定四方。步四極，凡二萬八千里。乃鑄鼎立九州，置九行九德之臣，以觀天地，祠萬靈，無法設教。然後採首山之銅，鑄鼎於荊山之下，黃龍下迎，帝乘龍昇天。皆由玄女之所授符策圖局也。

5、黃帝置玉女為泰山碧霞元君

自宋代以來，碧霞元君漸漸成為是泰山最重要的神祇，並行遍全國，走向世界，其信仰至今方興未艾。但是，有關此神的由來說法不一，如有「玉帝之妹說」「華山玉女說」「青蓮老母說」「東嶽帝女說」「坤道成女說」等等。而以「黃帝所遣玉女說」最為完整，且與泰山更密切相關。見隋李諤《瑤池記》載：

> 黃帝嘗建岱嶽觀，遣女七，雲冠羽衣，焚修以近西崑真人。玉女蓋七女之一，其修而得道者。（明查志隆《岱史》卷九《靈宇紀》載王之綱《玉女傳》引）

李諤，字士恢，趙郡人。仕齊，為中書舍人。入周，拜天官都上士。隋初，歷比部、考功二曹侍郎，封南和伯。遷治書侍御史，出為通州刺史。《隋書》有傳。應是根據李諤所記此說，後世演出黃帝置碧霞元君更完整的故事。明查志隆《岱史》卷九《靈宇紀》錄有王之綱《玉女傳》，稱據《玉女考》和《瑤池記》記載：黃帝建岱嶽觀，遣七神女先往泰山，以迎西崑

眞人，玉女乃其一，爲修道得仙者。一說爲華山玉女，一說爲漢代民女石玉葉，憑靈泰岱。《玉女卷》則載漢明帝時西牛國孫寧府奉符縣善士石守道妻妻金氏，中元七年甲子四月十八日子時生女，名玉葉。貌端而生性聰穎，三歲解人倫，七歲輒聞法，嘗禮西王母。十四歲感母教向道，得曹仙長指示入天空山黃花洞修焉。天空山即泰山，黃花洞在泰山後石屋。漢晉時山頂故有池，名玉女池，旁爲玉女石像，至五代即已毀圮。宋眞宗封祥重修，更名爲「昭眞祠」，號爲「聖帝之女」，封「天仙玉女碧霞元君」，名號沿用至今。民間則稱「泰山老奶奶」或「泰山娘娘」。

（三）黃帝道教文化（下）

6、黃帝是道教修仙與養生之祖

①黃帝是學道成仙的典型。《史記・封禪書》載：

> 中國華山，首山、太室、太山、東萊，此五山黃帝之所常遊，與神會。黃帝且戰且學仙。患百姓非其道者，乃斷斬非鬼神者。百餘歲然後得與神通。

②黃帝是封禪升仙的榜樣。漢武帝正是因爲羨慕黃帝而決心效法，才決定東巡泰山封禪。《封禪書》又載：

> 其秋，上幸雍，且郊。或曰：「五帝，太一之佐也，宜立太一而上親郊之。」上疑未定。齊人公孫卿曰：「今年得寶鼎，其冬辛巳朔旦冬至，與黃帝時等。」卿有箚書曰：「黃帝得寶鼎宛朐，問於鬼臾區。鬼臾區對曰：『黃帝得寶鼎神策，是歲己酉朔旦冬至，得天之紀，終而復始。』於是黃帝迎日推策，後率二十歲復朔旦冬至，凡二十推，三百八十年，黃帝仙登於天。」卿因所忠欲奏之。所忠視其書不經，疑其妄書，謝曰：「寶鼎事已決矣，尚何以爲！」卿因嬖人奏之，上大說，乃召問卿。對曰：「受此書申公，申公已死。」上曰：「申公何人也？」卿曰：「申公齊人。與安期生通，受黃帝言，無書，獨有此鼎書。曰：『漢興復當黃帝之時。』曰：『漢之聖者在高祖之孫且曾孫也。寶鼎出而與神通，封禪。封禪七十二王，唯黃帝得上太山封。』申公曰：『漢主亦當上封，上封則能仙登天矣。……黃帝採首山銅，鑄鼎於荊山下。鼎既成，有龍垂鬍髯下迎黃帝。……黃帝上騎，群臣後宮從上者七十餘人，龍乃上去。餘小臣不得上，乃

悉持龍髯，龍髯拔，墮，墮黃帝之弓。百姓仰望黃帝既上天，乃抱其弓與鬍髯號，故後世因名其處曰鼎湖，其弓曰烏號』。」於是天子曰：「嗟乎！吾誠得如黃帝，吾視去妻子如脫躧耳！」乃拜卿爲郎，東使候神於太室。

③黃帝是「黃老之學」的始祖

漢初黃帝與老子始並稱「黃老」，「黃老之學」重保命養生，求長生不老，所以與修道成仙相輔的就是養生術，由此而產生中醫。託名黃帝的《黃帝內經》與《易經》《道德經》被推爲上古三大奇書，而《黃帝內經》被譽爲「醫學之宗」。

7、「黃帝養生」十要

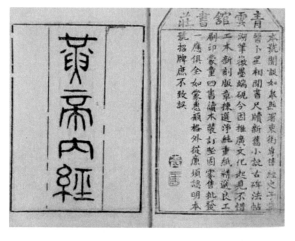

黃帝養生文化是中華養生學的集中代表與精華所在，集中體現於《黃帝內經》一書。

《黃帝內經》十八卷見於《漢書·藝文志》著錄爲「醫經七家」之首，可見其應該產生於漢代以前，爲中國古代最早的醫書。《黃帝內經》包括《素問》《靈樞》兩個部分，內容主要是通過黃帝與歧伯、雷公等六人的問答，探討中醫藥養生與治病之道，所以古代中醫又稱「歧黃之道」。

《黃帝內經》作者不詳，一般認爲黃帝是託名。但也只是猜測。事實上既然《黃帝內經》的真正作者無考，也就只有被託名的黃帝、歧伯等可以作爲這部書的象徵，特別是書題中被稱名的「黃帝」，也就作爲這部書的代表成爲了中華養生學的象徵。而本《論證》以黃帝爲與泰山文化關係最早、最大，影響最爲深遠的上古帝王，而當今國人養生意識日益自覺，養生需求日加增長，爲貼近景區文化傳統，充分利用景區文化資源，服務於國人養生需求，建議景區建立「黃帝養生宮」。

黃帝養生宮以《黃帝內經》爲理論指導，廣泛吸收中華養生學各種理論與古今中外養生實踐經驗，從黃帝養生文化的展示和創新應用兩個方面作內容方面的建設。

《黃帝內經》內容博大精深，大致分爲養生之道與術和醫療之道與醫術。茲就其養生之道總結以下十個方面，各具列原文如下：

①上古天真，德全不危

昔在黃帝，生而神靈，弱而能言，幼而徇齊，長而敦敏，成而登天。乃問於天師曰：余聞上古之人，春秋皆度百歲，而動作不衰；今時之人，年半百而動作皆衰者。時世異耶？人將失之耶？

岐伯對曰：上古之人？其知道者，法於陰陽，和於術數，食飲有節，起居有常，不妄作勞，故能形與神俱，而盡終其天年，度百歲乃去今時之人不然也，以酒爲漿，以妄爲常，醉以入房，以欲竭其精，以耗散其眞，不知持滿，不時御神，務快其心，逆於生樂，起居無節，故半百而衰也。

夫上古聖人之教下也，皆謂之虛邪賊風避之有時，恬惔虛無，眞氣從之，精神內守，病安從來。是以志閒而少欲，心安而不懼，形勞而不倦，氣從以順，各從其欲，皆得所願。故美其食，任其服，樂其俗，高下不相慕，其民故曰樸。是以嗜欲不能勞其目，淫邪不能惑其心，愚智賢不肖，不懼於物，故合於道。所以能年皆度百歲而動作不衰者，以其德全不危也。（《黃帝內經・素問・上古天眞論篇第一》）

黃帝問於岐伯曰：凡刺之法，先必本於神。血、脈、營、氣、精神，此五臟之所藏也。至其淫泆離髒則精失、魂魄飛揚、志意恍亂、智慮去身者，何因而然乎？天之罪與？人之過乎？何謂德、氣、生、精、神、魂、魄、心、意、志、思、智、慮？請問其故。

岐伯答曰：天之在我者德也，地之在我者氣也。德流氣薄而生者也。故生之來謂之精；兩精相搏謂之神；隨神往來者謂之魂；並精而出入者謂之魄；所以任物者謂之心；心有所憶謂之意；意之所存謂之志；因志而存變謂之思；因思而遠慕謂之慮；因慮而處物謂之智。

故智者之養生也，必順四時而適寒暑，和喜怒而安居處，節陰陽而調剛柔。如是，則僻邪不至，長生久視。（《黃帝內經・靈樞・本神第八》）

②法於陰陽，合於術數

岐伯對曰：上古之人？其知道者，法於陰陽，和於術數，……

黃帝曰：余聞上古有眞人者，提挈天地，把握陰陽，呼吸精氣，獨立守神，肌肉若一，故能壽敝天地，無有終時，此其道生。

中古之時，有至人者，淳德全道，和於陰陽，調於四時，去世離俗，積精全神，遊行天地之間，視聽八遠之外，此蓋益其壽命而強者也。亦歸於眞人。

其次有聖人者，處天地之和，從八風之理，適嗜欲於世俗之間，無恚嗔之心，行不欲離於世，被服章，舉不欲觀於俗，外不勞形於事，內無思想之患，以恬愉爲務，以自得爲功，形體不敝，精神不散，亦可以百數。

其次有賢人者，法則天地，象似日月，辨列星辰，逆從陰陽，分別四時，將從上古合同於道，亦可使益壽而有極時。（《黃帝內經·素問·上古天眞論篇第一》）

③四時調神，順養五臟

春三月，此爲發陳。天地俱生，萬物以榮，夜臥早起，廣步於庭，被髮緩形，以使志生，生而勿殺，予而勿奪，賞而勿罰，此春氣之應，養生之道也；逆之則傷肝，夏爲寒變，奉長者少。

夏三月，此爲蕃秀。天地氣交，萬物華實，夜臥早起，無厭於日，使志勿怒，使華英成秀，使氣得泄，若所愛在外，此夏氣之應，養長之道也；逆之則傷心，秋爲痎瘧，奉收者少，冬至重病。

秋三月，此謂容平，天氣以急，地氣以明，早臥早起，與雞俱興，使志安寧，以緩秋刑，收斂神氣，使秋氣平，無外其志，使肺氣清，此秋氣之應，養收之道也；逆之則傷肺，冬爲飧泄，奉藏者少。

冬三月，此爲閉藏。水冰地坼，勿擾乎陽，早臥晚起，必待日光，使志若伏若匿，若有私意，若已有得，去寒就溫，無泄皮膚，使氣極奪。此冬氣之應，養藏之道也；逆之則傷腎，春爲痿厥，奉生者少。……

逆春氣則少陽不生，肝氣內變。

逆夏氣則太陽不長，心氣內洞。

逆秋氣則太陰不收，肺氣焦滿。

逆冬氣則少陰不藏，腎氣獨沈。

（《黃帝內經・素問・四氣調神大論篇第二》）

④陰陽根本，聖治未病

夫四時陰陽者，萬物之根本也。所以聖人春夏養陽，秋冬養陰，以從其根；故與萬物沉浮於生長之門，逆其根則伐其本，壞其真矣。故陰陽四時者，萬物之終始也；生死之本也；逆之則災害生，從之則苛疾不起，是謂得道。道者聖人行之，愚者佩之。從陰陽則生，逆之則死；從之則治，逆之則亂。反順為逆，是謂內格。

是故聖人不治已病、治未病，不治已亂、治未亂，此之謂也。夫病已成而後藥之，亂已成而後治之，譬猶渴而穿井，鬥而鑄錐，不亦晚乎？（《黃帝內經・素問・四氣調神大論篇第二》）

⑤陰平陽密，精神乃治

黃帝曰：夫自古通天者，生之本，本於陰陽。天地之間，六合之內，其氣九州、九竅、五臟、十二節，皆通乎天氣。其生五，其氣三，數犯此者，則邪氣傷人，此壽命之本也。

蒼天之氣，清靜則志意治，順之則陽氣固，雖有賊邪，弗能害也，此因時之序。故聖人傳精神，服天氣而通神明。失之則內閉九竅，外壅肌肉，衛氣解散，此謂自傷，氣之削也。陽氣者，若天與日，失其所，則折壽而不彰。故天運當以日光明。是故陽因而上，衛外者也。

……凡陰陽之要，陽密乃固，兩者不和，若春無秋，若冬無夏。因而和之，是謂聖度。故陽強不能密，陰氣乃絕。陰平陽秘，精神乃治；陰陽離決，精氣乃絕。（《黃帝內經・素問・生氣通天論第三》）

⑥精者身本，藏精養生

夫精者，身之本也。故藏於精者，春不病溫。夏暑汗不出者，秋成風瘧，此平人脈法也。故曰：陰中有陰，陽中有陽。平旦至日中，天之陽，陽中之陽也；日中至黃昏，天之陽，陽中之陰也；合

夜至雞鳴，天之陰，陰中之陰也；雞鳴至平旦，天之陰，陰中之陽
也。故人亦應之。（《黃帝內經・素問・金匱眞言論篇第四》）

⑦治病務本，陰陽可調

黃帝曰：陰陽者，天地之道也，萬物之綱紀也，變化之父母，
生殺之本始，神明之府也。治病必求於本。

……怒傷肝，悲勝怒，風傷筋，燥勝風，酸傷筋，辛勝酸。……
喜傷心，恐勝喜。熱傷氣，寒勝熱。苦傷氣，咸勝苦。……思傷脾，
怒勝思，濕傷肉，風勝濕，甘傷肉，酸勝甘。……憂傷肺，喜勝憂，
熱傷皮毛，寒勝熱，辛傷皮毛，苦勝辛。……恐傷腎，思勝恐，寒
傷血，燥勝寒，鹹傷血，甘勝鹹。

……帝曰：法陰陽奈何？

岐伯曰：陽盛則身熱，腠理閉，喘麤爲之俛抑，汗不出而熱，
齒乾，以煩冤腹滿死，能冬不能夏。陰勝則身寒，汗出身長清，數
栗而寒，寒則厥，厥則腹滿死，能夏不能冬。此陰陽更勝之變，病
之形能也。

帝曰：調此二者，奈何？

岐伯曰：能知七損八益，則二者可調，不知用此，則早衰之節
也。年四十而陰氣自半也，起居衰矣。年五十體重，耳目不聰明矣。
年六十，陰痿，氣大衰，九竅不利，下虛上實，涕泣俱出矣。故曰：
知之則強，不知則老，故同出而名異耳。智者察同，愚者察異，愚
者不足，智者有餘，有餘而耳目聰明，身體強健，老者復壯，壯者
益治。是以聖人爲無爲之事，樂恬憺之能，從欲快志於虛無之守，
故壽命無窮，與天地終，此聖人之治身也。

……惟賢人上配天以養頭，下象地以養足，中傍人事以養五臟。

……故治不法天之紀，不用地之理，則災害至矣。

……審其陰陽，以別柔剛。

陽病治陰，陰病治陽。

定其血氣，各守其鄉。

血實宜決之，氣虛宜掣引之。（《黃帝內經・素問・陰陽應象大
論篇第五》）

⑧病不許治，病必不治

凡治病必察其下，適其脈，觀其志意，與其病也。拘於鬼神者，不可與言至德；惡於針石者，不可與言至巧。病不許治者，病必不治，治之無功矣。（《黃帝內經・素問・五藏別論篇第十一》）

⑨古之治病，移精祝由

黃帝問曰：余聞古之治病，惟其移精變氣，可祝由而已。今世治病，毒藥治其內，針石治其外，或愈或不愈，何也？

岐伯對曰：往古人居禽獸之間，動作以避寒，陰居以避暑，內無眷暮之累，外無伸官之形，此恬淡之世，邪不能深入也。故毒藥不能治其內，針石不能治其外，故可移精祝由而已。

當今之世不然，憂患緣其內，苦形傷其外，又失四時之從，逆寒暑之宜。賊風數至，虛邪朝夕，內至五臟骨髓，外傷空竅肌膚，所以小病必甚，大病必死。故祝由不能已也。（《黃帝內經・素問・移精變氣論篇第十三》）

⑩天地合氣，命之曰人

黃帝問曰：天復地載，萬物悉備，莫貴於人。人以天地之氣生，四時之法成。君王眾庶，盡欲全形。形之疾病，莫知其情，留淫日深，著於骨髓，心私慮之。……

岐伯曰：夫人生於地，懸命於天；天地合氣，命之曰人。人能應四時者，天地為之父母；知萬物者，謂之天子。（《黃帝內經・素問・寶命全形論篇第二十五》）

總之，如今被全世界華人推為華夏「人文始祖」的黃帝不僅是曲阜人——泰山神，而且是開泰山封禪之先，為秦始皇、漢武帝所效法封禪泰山，為碧霞元君信仰導夫先路，使泰山成為「神山」「國山」和中華道教——中醫養生之山，而黃帝則成為中華養生學的鼻祖。其與泰山文化的多側面多層次重大關聯，向來未受到認真的關注，深入的研究，是令人遺憾的。

（四）聖賢名人文化

泰山作為亙古名山，地近儒學的發源地孔子故里曲阜，西周春秋時期還同屬於魯國，所以是儒家等聖賢名人足迹常至之地。今存先秦文獻中就有關孔子等儒家聖賢和後世名人遊覽泰山同時也就是涉足博城之大量真假難辨的

故事，形成博城獨特的聖賢名人文化。茲據上列《博城大事記》排比孔子、顏回、曾子、孟子、俞伯牙、屈原、諸葛亮、李白、孫復、石介、胡瑗十一聖賢人物在博事蹟或傳說如下。

1、孔子

孔子（前 551 年 9 月 28 日～前 479 年 4 月 11 日），名丘，字仲尼。祖籍宋國栗邑（今河南省商丘市夏邑縣），生於魯國陬邑（今山東省曲阜市）。中國東周春秋時期著名思想家、教育家。孔子開創了私人講學的風氣，是儒家學派的創始人。孔子一生應不止一次到過泰山，文獻中有不少關於孔子到過泰山也就是到過博城的傳說故事。

①作《龜山操》。孔子以六藝（禮、樂、射、御、書、數）教，曰：「興於詩，立於禮，成於樂。」（《論語・泰伯》）。他自己就精通「六藝」，成就卓著。如在音樂方面，有記載說他如癡如迷，《論語・述而》：「子在齊聞韶，三月不知肉味。曰：『不圖為樂之至於斯也！』」他也有音樂創作，即因博城龜山而作的《龜山操》。《孔子集語・卷十二・事譜（上）》：

> 《琴操》：《龜山操》者，孔子所作也。齊人饋女樂，季桓子受之，魯君閉門不聽朝。當此之時，季氏專政，上僭天子，下畔大夫，賢聖斥逐，讒邪滿朝。孔子欲諫不得，退而望魯，魯有龜山蔽之。闢季氏於龜山，託勢位於斧柯。季氏專政，猶龜山蔽魯也，傷政道之陵遲，閔百姓不得其所，欲誅季氏，而力不能，於是援琴而歌云：「予欲望魯兮，龜山蔽之；手無斧柯，奈龜山何？」

《水經注疏》卷二十四《汶水》：

> 東南流逕龜陰之田。……守敬按：《琴操》云，《龜山操》，孔子作。季桓子受齊女樂，孔子欲諫不得，退而望魯龜山，作此曲，喻季氏若龜山之蔽魯。山北即龜陰之田也。守敬按：《春秋》杜《注》，田在龜山北。《春秋・定公十年》，齊人來歸龜陰之田是也。

北宋朱長文《琴史・孔子》：

> 孔子生周之季，逢魯之亂，轍環天下而不遇於世。當定公十四年，孔子年五十六，由大司寇攝相事。齊人聞而懼，謀間魯以疏孔子，於是盛飾女樂，以遺魯君。時季恒子專政，亦不悅孔子之用也，乃受女樂，君臣遊觀，三日不朝。孔子以謂魯君臣之志荒，不在於治，不足與有為，遂去之它邦。歌曰：「彼婦之口，可以出走。彼婦

之謁，可以死敗。蓋悠哉遊哉，聊以卒歲。」然猶徘徊不忍去，復回望魯國，而龜山蔽之，乃歎曰：「季氏之蔽吾君，猶龜山之蔽魯也。」故作《龜山操》。其辭有云：「手無斧柯，奈龜山何？」斧以喻斷，柯以喻柄。無斷割之柄，則不能去季氏也。

②過泰山作《丘陵歌》。《孔叢子‧記問第五》載：

> 哀公使以幣如衛迎夫子，而卒不能賞用也。故夫子作《丘陵之歌》曰：

> 登彼丘陵，峛崺其阪。（丘陵謂王室也。阪，指諸侯。）仁道在邇，求之若遠。遂迷不復，自嬰屯蹇。喟然回慮，題彼泰山。（題，顧也。泰山，謂魯也。）鬱確其高，梁甫回連。枳棘充路，陟之無緣。將伐無柯，患茲蔓延。惟以永歎。涕實潺湲。（梁甫，太山之下小山，指三桓也。）

③夾谷之會使齊歸龜陰之田。《春秋左氏傳‧定公十年》載：

> 夏，公會齊侯於祝其，實夾谷。孔丘相，犁彌言於齊侯曰：「孔丘知禮而無勇。若使萊人以兵劫魯侯，必得志焉。」齊侯從之。孔丘以公退。曰：「士兵之。兩君合好，而裔夷之俘，以兵亂之，非齊君所以命諸侯也。裔不謀夏，夷不亂華。俘不干盟，兵不偪好。於神為不祥，於德為愆義，於人為失禮，君必不然。齊侯聞之，遽辟之。將盟，齊人加於載書曰：「齊師出竟，而不以甲車三百乘從我者，有如此盟。」孔丘使茲無還揖對，曰：「而不反我汶陽之田，吾以共命者，亦如之。」齊侯將享公。孔丘謂梁丘據曰：「齊、魯之故，吾子何不聞焉？事既成矣，而又享之，是勤執事也。且犧、象不出門，嘉樂不野合，饗而既具，是棄禮也。若其不具，用秕稗也。用秕稗君辱，棄禮名惡，子盍圖之？夫享所以昭德也，不昭不如其已也。乃不果享，齊人來歸鄆、讙、龜陰之田。

《水經注疏》卷二十四《汶水》載：

> 山北即龜陰之田也。守敬按：《春秋》杜《注》，田在龜山北。《春秋‧定公十年》，齊人來歸龜陰之田是也。

④會榮啟期於郕之野。《孔子家語》卷第四《六本》第十五載：

> 孔子游於泰山，見榮聲期，（聲宜為啟。或曰榮益期也）行乎郕之野，鹿裘帶索，瑟瑟而歌。孔子問曰：「先生所以為樂者，何也？」

期對曰：「吾樂甚多，而至者三。天生萬物，唯人爲貴，吾既得爲人，是一樂也；男女之別，男尊女卑，故人以男爲貴，吾既得爲男，是二樂也；人生有不見日月，不免襁褓者，吾既以行年九十五矣，是三樂也。貧者士之常，死者人之終，處常得終，當何恍哉。」孔子曰：「善哉！能自寬者也。」得宜爲待。

《列子・天瑞》載：

孔子游於太山，見榮啓期行乎之野，鹿裘帶索，鼓琴而歌。

按：榮啓期，春秋時隱士，以鹿裘爲衣。角巾，巾之有角者，古隱者所用。杜甫《南鄰詩》：「錦里先生烏角巾，園收芋栗未全貧。」

⑤哀薪者。《孔子集語》卷十四《雜事》十二載：

《藝文類聚》三十四引《琴操》：「孔子游於泰山，見薪者哭，甚哀。孔子問之，薪者曰：『吾自傷，故哀爾。』」

⑥歎苛政。《禮記・檀弓下》載：

孔子過泰山側，有婦人哭於墓者而哀。夫子式而聽之，使子路問之曰：「子之哭也，壹似重有憂者？」而曰：「然。昔者吾舅死於虎，吾夫又死焉。今吾子又死焉。」夫子曰：「何爲不去也？」曰：「無苛政。」夫子曰：「小子識之：苛政猛於虎也。」

⑦臨終之歎。《禮記・檀弓上》載：

孔子蚤作，負手曳杖，消搖於門。歌曰：「泰山其頹乎？梁木其壞乎？哲人其萎乎？」既歌而入，當戶而坐。子貢聞之，曰：「泰山其頹，則吾將安仰？梁木其壞，哲人其萎，則吾將安放？夫子殆將病也。」遂趨而入。夫子曰：「賜，爾來何遲也？夏后氏殯於東階之上，則猶在阼也。殷人殯於兩楹之間，則與賓主夾之也。周人殯於西階之上，則猶賓之也。而丘也，殷人也。予疇昔之夜，夢坐奠於兩楹之間。夫明王不興，而天下其孰能宗予？予殆將死也。」蓋寢疾七日而沒。

2、顏回

顏回（前521～前481），字子淵。春秋末期魯國曲阜（今山東曲阜）人。孔子最得意門生，稱其「好學」，許以「仁人」。宋明儒者以顏回與孔子人格並重，推爲榜樣曰「尋孔、顏樂處」。孔門四聖之一，稱「復聖」。但古人

以爲顏淵命薄，故早死，《孔子集語》引《續博物志》七載：

> 顏淵與孔子俱上泰山，東南望吳昌門外，孔子見白馬，引顏淵指之：「若見吳昌門乎？」顏淵曰：「見之。有繫練之狀。」孔子撫其目而止之。顏淵髮白齒落，遂以病死。蓋精力不及聖人而強役之也。

3、曾子

曾子（前 505～前 432）），魯國人。字子輿。孔子弟子，被尊稱爲曾子。以孝著稱。傳爲《大學》和《孝經》的作者。唐開元二十七（739）年追封「郕伯」。宋大中祥符二年（1009）加封「郕侯」（一作瑕丘侯）。元至順初年，加封爲「郕國宗聖公」，明嘉靖九年改稱「宗聖」。《樂府詩集》載：

> 《蜀志》曰：「諸葛亮好爲《梁甫吟》。」然則不起於亮矣。李勉《琴說》曰：「《梁甫吟》，曾子撰。」《琴操》曰：「曾子耕泰山之下，天雨雪凍，旬月不得歸，思其父母，作《梁山歌》。」蔡邕《琴頌》曰：「梁甫悲吟，周公越裳。」按梁甫，山名，在泰山下。《梁甫吟》，蓋言人死葬此山，亦葬歌也。又有《泰山梁甫吟》，與此頗同。（卷第四十一《相和歌辭》十六蜀·諸葛亮《梁甫吟》）

4、孟子

孟子（前 372～前 289），名軻，字子輿。一說字子車、子居。山東鄒城人。孔子之孫子思之徒。著名思想家，教育家，戰國時期儒家代表人物。著《孟子》，載其與弟子言行。在儒學中地位僅次於孔子，有「亞聖」之稱，與孔子合稱爲「孔孟」。曾適齊，力阻梁惠王毀泰山明堂。見《孟子·梁惠王下》載：

> 齊宣王問曰：「人皆謂我毀明堂，毀諸？已乎？」孟子對曰：「夫明堂者，王者之堂也。王欲行王政，則勿毀之矣。」

5、俞伯牙

俞伯牙，春秋戰國楚人，生卒年不詳。著名音樂家。《列子》卷第五《湯問篇》：

伯牙善鼓琴，鍾子期善聽。伯牙鼓琴，志在登高山。鍾子期曰：「善哉！峨峨兮若泰山！」志在流水。鍾子期曰：「善哉！洋洋兮若江河！」伯牙所念，鍾子期必得之。伯牙遊於泰山之陰，卒逢暴雨，止於岩下；心悲，乃援琴而鼓之。初為霖雨之操，更造崩山之音。曲每奏，鍾子期輒窮其趣。

伯牙乃捨琴而歎曰：「善哉，善哉，子之聽夫！志想像猶吾心也。吾於何逃聲哉？」（又見《呂氏春秋·本味篇》《韓詩外傳》九、《說苑·尊賢篇》。又《太平御覽》十引《傅子》：「昔者，伯牙子游於泰山之陰，逢暴雨，止於岩下，援琴而鼓之，為淋雨之音，更造崩山之曲，每奏，鍾期輒窮其趣，曰：『善哉，子之聽也。』」當即一事而異辭耳。

6、屈原

屈原（前340～前278年），戰國時期楚國人。羋姓，屈氏，名平，字原，以字行；又在《離騷》中自云：「名余曰正則兮，字余曰靈均。」出生於楚國丹陽（今河南西峽或湖北秭歸），楚武王熊通之子屈瑕的後代，中國文學史上第一位留下姓名的大詩人。周赧王四（前311）年庚戌，屈原使齊，行經泰山之下，作《九章·抽思》中云：「低徊夷猶，宿北姑兮；煩冤瞀容，實沛徂兮。」（泰安市徂徠山志辦公室編《徂徠山志·大事記》）

7、諸葛亮

諸葛亮（181～234），字孔明，號臥龍。琅琊陽都（今山東臨沂市沂南縣）人。三國時期蜀漢丞相，傑出政治家、軍事家、散文家、書法家、發明家。封武鄉侯，卒諡忠武侯，東晉時因其軍事才能特追封他為武興王。漢司隸校尉諸葛豐之後。父圭，字君貢，漢末為泰山太守應劭屬下郡丞。東漢泰山郡治奉高（今泰安市岱嶽區范鎮故縣村），諸葛亮八歲之前當隨父宦於此。故其一生「好為《梁父吟》」。（《三國志·蜀書·諸葛亮傳》）《樂

府詩集》載：

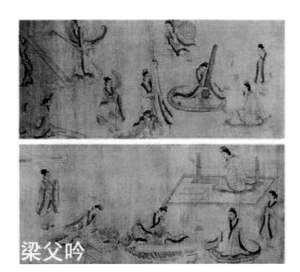

　　　　《古今樂錄》曰：「王僧虔《技錄》有《梁甫吟行》，今不歌。
　　謝希逸《琴論》曰：諸葛亮作《梁甫吟》。《陳武別傳》曰：武常騎
　　驢牧羊，諸家牧豎十數人，或有知歌謠者，武遂學《泰山梁甫吟》
　　《幽州馬客吟》及《行路難》之屬。《蜀志》曰：諸葛亮好爲《梁甫
　　吟》。然則不起於亮矣。……」

　　　　步出齊城門，遙望蕩陰里。里中有三墓，累累正相似。問是誰
　　家墓，田彊、古冶子。力能排南山，文能絕地紀。一朝被讒言，二
　　桃殺三士。誰能爲此謀？國相齊晏子。（卷第四十一《相和歌辭》十
　　六蜀·諸葛亮《梁甫吟》）

《三國演義》中的《梁父吟》：

　　　　一夜北風寒，萬里彤雲厚。長空雪亂飄，改盡江山舊。仰面觀
　　太虛，疑是玉龍鬥。紛紛鱗甲飛，頃刻遍宇宙。騎驢過小橋，獨歎
　　梅花瘦！

　　8、李白

　　李白（701～762），字太白。號青蓮居士，又號「謫仙人」。綿州昌隆縣
（今四川省江油市）人。舊、新《唐書·李白傳》作「李白字太白，山東人」。
唐代詩人，有「詩仙」之譽，與「詩聖」杜甫並稱「李杜」。有《李太白集》。
唐玄宗開元二十八（740）年，李白移家東魯，寓居任城（今山東省濟寧市），
嘗遊泰山，結識山東名士孔巢父、韓準、裴政、張叔明、陶沔，共隱於泰安

府徂徠山下竹溪，人稱「竹溪六逸」。李白《送韓準裴政孔巢父還山》詩有「昨宵夢裏還，雲弄竹溪月」之句。

9、孫復

孫復（992～1057 年），字明復，號富春。晉州平陽（今山西臨汾市）人。北宋理學家、教育家。幼家貧，父早亡。力學不輟。四舉進士不第，三十二歲後退居泰山著書講學。當時泰山徂徠人石介有名山東，自介而下皆以先生事復。門下文彥博、范純仁等，皆一時精英。人稱「泰山先生」，與石介並稱「孫泰山，石徂徠」，又與胡瑗、石介並稱「宋初三先生」。范仲淹、富弼皆言復有經術，宜在朝廷。除秘書省校書郎、國子監直講。車駕幸太學，賜緋衣銀魚，召為邇英閣祗候說書。楊安國言其講說多異先儒，罷之。有《壯悔堂集》等。（《宋史・孫復傳》）

10 胡瑗

胡瑗（993～1059），字翼之。泰州海陵（今江蘇泰州）人。自幼聰穎好學，以聖賢自任，赴泰山與孫復、石介等研學，十年不歸，常「食不甘味，宿不安枕」，學問大進。然七試不中，於泰州立安定書院。范仲淹薦入朝參修雅樂，事畢任校書郎官，歷遷國子監直講，晉光祿寺丞、太子中舍，以殿中丞致仕。教書成就人才甚眾，有經學著作多種。學者推為一代宗師，神宗贊為「真先生」。（《宋史・胡瑗傳》）

11、石介

石介（1005～1045）字守道。一字公操。北宋初兗州奉符（今山東省泰安市岱嶽區駐地）徂徠鎮橋溝村人。北宋初學者，思想家。宋理學先驅。曾創建泰山書院、徂徠書院，以《易》《春秋》教授諸生，「重義理，不由注疏之說」，爲宋明理學之先聲。「泰山學派」創始人，世稱徂徠先生。其學對二程、朱熹等影響甚大。天聖八年進士。曾任國子監直講，「從之者甚眾，太學之盛，自先生始」。官至太子中允。與孫復、胡瑗並稱「宋初三先

生」，共倡「以仁義禮樂爲學」，「民爲天下國家之根本」，「息民之困」等。以作《慶曆聖德詩》忤樞密使夏竦，「不自安，求出，通判濮州，未赴，卒。……介家故貧，妻子幾凍餒，富弼、韓琦共分奉買田以贍養之。有《徂徠集》行於世」。（《宋史·石介傳》）

（五）徂汶民俗文化

1、漢武帝、黃帝傳說

王利器《風俗通義校注·正失》：

> 俗說：岱宗上有金篋玉策，能知人年壽脩短。武帝探策得十八，因到讀曰八十，其後果耆長。武帝出璽印石，裁有兆朕，奉車子侯即沒其印，乃止。武帝畏惡，亦殺去之。《封禪書》說：「黃帝升封泰山，於是有龍垂鬍髯下迎黃帝；黃帝上騎，群臣後宮從者七十餘人，小臣獨不得上，乃悉持龍髯，拔墮黃帝之弓。小臣百姓仰望黃帝，不能復，乃抱其弓而號，故世因曰烏號弓。孝武皇帝時，齊人公孫卿言：『漢之聖者，在高祖之孫；今曆正值黃帝之日，聖主亦當上封，則能神仙矣。』」

> 按：《史記·封禪書》載：「黃帝採首山銅，鑄鼎於荊山下。鼎既成，有龍垂鬍髯下迎黃帝。黃帝上騎，群臣後宮從上者七十餘人，龍乃上去。餘小臣不得上，乃悉持龍髯，龍髯拔，墮，墮黃帝之弓。百姓仰望黃帝既上天，乃抱其弓與鬍髯號，故後世因名其處曰鼎湖，其弓曰烏號』。」於是天子曰：「嗟乎！吾誠得如黃帝，吾視去妻子如脫躧耳！」而此說是黃帝升仙在泰山，又據《韓詩外傳》載「此

弓者、太山之南，烏號之柘」云云，亦相符合，因疑黃帝升仙故事源出《史記》之前，或有異説，或《史記》原本載發生於泰山，而後人改易。總之，其與泰山必有聯繫，可備爲一説。

2、泰山廟祭福脯

王利器《風俗通義校注·山澤·五嶽》：

岱宗廟在博縣西北三十里，山虞長守之。十月曰合凍，臘月曰涸凍，正月曰解凍，皆太守自侍祠，若有穢疾，代行事，法七十萬五千三牲，燔柴，上福脯三十朐，縣次傳送京師。四嶽皆同王禮。

按：福脯，王利器《風俗通義校注·佚文》：「俗説：脯，闊大脯也。案：泰山博縣十月祠泰山，脯闊一尺，長五分。」（《書鈔》一四五）器案：「《山澤篇》言祀泰山有福脯。」

3、舊縣民俗文化

《重修泰安縣志》（二）《風俗》載：

吾泰最重男女之別，室女幼婦，有服之親，至如舅氏中表等，一問安好，即退，絕不攪言，餘概不見面。室女十四歲後，不輕出門。除甚貧之家，翁媳不住一口屋，不同桌食。大伯弟妻，更不輕交言。

《舊志》云：泰邑地界，齊魯先王禮教之遺猶有存者，故人率知廉恥而重犯法，俗尚往來，在不質不文之間，但侈於食用，戶鮮積蓄，一遇凶荒，遂至十室九空。

近來銷耗品之最巨者，莫甚於酒，猶可不飲，而工人匠藝，非飲不克，稍加限制，便不幹活，且酒後往往滋鬧，此等惡風是在臨莅斯土者，有以禁止而革除之。

元夜，先拜天地，次及祖先。放火鞭爆竹，謂之發禟子。五夜煮餡角共食之。送家親後，鄰里互邀飲，謂節酒。

上元（正月十五），張燈，人家更以麵及蘿蔔作燈送至墳墓廟宇，各莊村鐃鼓喧闐，謂之玩故事。

正月十六，有走百病之名。然鄉間婦女各忙其業，無人出遊。

二月二日用灰打囤中間，壓以五穀，炒轉速與小孩食，謂之蠍子爪。

清明節插柳，家家上墳祭掃。

四月八日，婦女赴泰山行宮燒香。

五月五日，插艾，飲雄黃酒，或以雄黃塗小兒鼻頭鹵，取其避五毒。又食糭子。

六月六日，上墳，供新麥子麵。七月七日，無乞巧之事。

七月十五日，上墳。距新泰近者行之。

八月十五日節最普通，食月餅。民間多啖羊肉水餃。

九月九日，附城有赴眼光殿燒香者，鄉間無人登高。

十月初一，家家上墳，親戚送紙，以十日為限。

臘月初八日，有餘之家作臘八粥。二十三日，小年，祀竈，供糖瓜，送竈神去。除夕，迎竈神，家家通行。辭歲，迎財神，商家例行。農民則否。（民國十八年鉛印本，1968 年學生書局影印本第二冊，第 719 頁）

又，馬輝《幾度繁興古博城》記「舊縣爬橋節」：

「在牟汶河兩岸、徂徠山西北部各村，每年農曆正月十六舊縣汶河大橋爬橋節是沿襲數百年的民俗節日。爬橋節從清朝康熙年間形成至今已有 350 年的歷史，當地民謠「正月十五月兒圓，家家戶戶過完年。十六橋頭轉一轉，河神老爺保平安」。每年這一天，附近十里八鄉的村民都到舊縣大橋走一走，祈求河神消病祛災、風調雨順。近年來，爬橋節還引來很多商販，賣吃的、賣玩的、賣民俗用品的，人頭攢動，熙熙攘攘，如同廟會一般，格外熱鬧。村民們興致勃勃地在橋上祈福後，順便購買些如意食品、百貨帶回家，別有一番情趣。」〔註2〕

〔註 2〕馬輝《幾度繁興古博城》，《泰山晚報》2014 年 5 月 8 日《人文》。

二、博城文化的特點

（一）泰山文化的發祥地

泰安是金代的地名，義即國泰民安，穩如泰山。這個名稱的意思好，所以沿用至今。但是，在漢武帝元封元（前 110）年置奉高縣以前，泰山主峰和泰山地區的政治經濟文化中心一直都在博陽；此後在整個漢代，博城與奉高並爲泰山郡治；自約隋煬帝大業五（605）年「遷岱入博」後，至北宋開寶五（972）年郡治遷今岱嶽鎮之前的三百六十八年間，博城又恢復其獨爲泰山郡城的地位。所以，除了泰山主峰長期

在博城轄區之外，宋前博城基本無間斷地保持了泰山與汶水之陽最大城邑的地位，是泰、徕山脈與汶河人文發展的主場地。

這就是說，徂汶景區既是今徂（徕山）汶（河）文化的中心，也是宋及宋前泰山文化的中心。從而景區建設有理由集中古博城區（舊縣）和泰（山）、（徂）徕（山脈）、汶（河）地區各種無主地（即尚無確定發生地）文化作爲景觀建設的資源，放眼包括泰、徕、汶無主地博城文化選題，實事求是，開拓創新，把景區建設成爲古（千年前）泰城文化的標誌。

（二）封禪文化的主地標

據以上《大事記》並相關述論，博城是漢前帝王泰山封禪的起點；又據《史記》《漢書》等記載，秦始皇唯一和漢武帝第一次封禪泰山，也都從博城（即秦濟北郡治博陽、漢泰山郡博陽縣）開始；又雖然其後漢武帝和漢光武帝的泰山封禪都從奉高，但當時奉高與博城並爲泰山郡治，所以舉奉高而博城自在其中；至隋文帝開皇六（586）年改奉高稱岱山，大業（605～617）初，岱山即併入博城縣。唐初，置岱縣，屬東泰州，但東泰州治博城。「貞觀元年州廢，省梁父、嬴、肥城、岱入博城」（《新唐書·地理志二·兗州》），所以至唐高宗和唐玄宗先後封禪泰山，其一切活動乃均在博城（唐稱乾封）進行。

由此可見，自遠古傳說至有記載的中國歷史上，泰山封禪大禮綿延三千年，前後十八帝（先秦十二、秦一、漢唐各二、宋一），除本《論證》範圍之外的宋眞宗封禪在奉符（今泰安市岱嶽鎮）之外，其他諸帝所有封禪大禮，

均在博城（博縣即乾封）完成。事實上，即使漢二帝在奉高封禪，但上封之泰山主峰和降禪之石閭、梁父等，亦在博縣，從而博城並且只有博城才是泰山封禪古禮主要的駐地。博城最有責任和義務承擔保護、研究開發泰山封禪文化遺迹與文獻的工作。

雖然如此，歷代有關泰山封禪記載中，往往只說到某日至泰山、某日禪肅然、梁父、石閭等，除如漢武帝元封泰山和有關漢光武帝封禪有「至奉高」的明確記載之外，漢帝封禪只在元封泰山後詔免賦稅時提及博縣。但唐高宗、玄宗二帝封禪泰山，卻多處提及博城，並因封禪而改稱博城爲乾封（新、舊《唐書‧地理志》）。

總之，由於以上的原因，漢、唐泰山封禪所涉地域，以泰山言始終在博城，以泰山下言多數在博城，而且是自博城始，於博城（乾封）終。即使增加宋眞宗封禪一併考量，博城作爲封禪故地，也是歷史更爲悠久，乃泰山封禪當之無愧的主地標。但是，在宋開寶五年縣治遷岱嶽以後，博城遂廢。從而本《論證》時間下限只及宋前，所以，以下除有特別說明者外，凡涉封禪事體，均以舉行地爲博城（乾封）縣治，或其境內。具體地點、設施等，則一般不作深細考證。

這裡總的原則是：由於泰山一直在博城境內，所以封禪活動凡及於泰山處，即在博城（博邑、博縣、乾封）。這也就是爲什麼東漢光武帝封禪泰山雖至奉高，但頒詔恩賞仍首先是博城，而後才是奉高的歷史原因。

（三）儒家文化的副中心

據以上《大事記》，自春秋戰國以至宋代，包括孔、孟、顏、曾等在內，儒家代表人物大都曾來過泰山或曾在泰山久留。孔子等早期儒家開宗立派人物所至泰山的屬地，其實就是博邑。後世又有宋代胡瑗、孫復、石介等儒家學者揚名於泰山，後先相望，各有所述作。所以，就儒家代表人物來泰山之多而集中和其後之流風餘韻不絕看，春秋戰國時代包括境內泰山的博邑即後來的博城，是曲阜以外儒家人物頻至和活動最多的地區，可以稱之爲這一時期儒學的副中心。

這一說法首先基於春秋以前泰山在魯國境內、爲魯國所尊的地理與政治關係。《詩》云「泰山岩岩，魯邦所詹」，正是體現了魯國依瞻於泰山的關係。由此而隨著儒學的興起，有了儒學崇奉泰山的種種言行。其表現在孔子本人即已經很是突出，如他於「三月無君則惶惶然」中多次來泰山登臨或在山下

交遊，和以泰山喻人或自喻，實可表明泰山是儒學中的孔子，而孔子是五嶽中的泰山，博城與儒學的關係即在其中。然後這一關係隨著漢武帝的「罷黜百家，獨尊儒術」和泰山封禪一起推升提高，至石介《泰山》一詩稱泰山「七百里魯望，北瞻何岩岩。諸山知峻極，五嶽獨尊嚴」，首次提出泰山「五嶽獨尊」之說，也正是暗用或暗合了漢武帝的「獨尊儒術」。由此可以認為，石介心目中的泰山與學問中孔子與儒家的一樣有「獨尊」的地位，從而春秋戰國時期的博邑是在曲阜之外儒學的又一中心，即副中心。

（四）黃帝道教的中心區

據《史記·五帝本紀》，中華人文始祖黃帝生於壽丘，即今山東省曲阜市舊縣，因與蚩尤戰於泰山之下，得九天玄女所授天書，且戰且學仙，先後打敗蚩尤和炎帝，繼伏犧而得有天下。黃帝還是上封泰山的第一位帝王，並有一說其於泰山極頂乘龍升仙。漢初尚黃老之學，後世託其名之《黃帝內經》為中國「醫學之宗」，世代奉為經典，今更風行天下。而黃帝亦被尊為「中華養生之祖」。

有關黃帝生平諸神話傳說雖生成有早晚，但是都不具有可以考證的真實性。因此，這些神話傳說只是表達了古人各自對黃帝生平的想像，有各自理想願望的寄託，從而對相關時、地有所選擇，並通過這種選擇提升其自身的價值，以有利其存在與傳播。而在被選擇的方面，能否成為選擇的對象，則決定於其與選擇方能否相得益彰。泰山與黃帝神話傳說的結合，就是這種互動選擇的結果。它使黃帝因泰山而更重，泰山亦因黃帝而更顯。古人造就的黃帝——泰山文化，以及東嶽大帝、碧霞元君、玉皇大帝、王母娘娘、十殿閻羅等泰山道教諸神系統，是博城文化的又一突出特點。

（五）上古文學的匯聚點

與聖賢名人絡繹而至的，是春秋戰國文學在博城的匯聚。如《詩經》之「泰山岩岩」，「汶水湯湯」，孔子之歌，曾子《梁山》之歌，屈子之辭，張衡《四愁詩》之「我所思兮在太山，欲往從之梁父艱」，諸葛亮《梁父吟》，李白之《泰山吟》，更有神話傳說、故事、散文等等。歷代泰山和泰山地方志書等多有輯錄，可以參看。

第四章　漢博城文化

一、漢代歷史

　　漢朝（前202～220年）是中國歷史上繼秦朝以後出現的第一個長期穩定的古代王朝，它重建並鞏固了秦朝對中國的統一，擴大了中國的疆域，形成了華夏民族的主體——漢族，並使漢族在後世至今仍然是華夏民族的主體成分和傑出代表。漢朝同時在政治經濟文化的發展上有卓越建樹，是中國歷史上一個極具關鍵性和代表性的偉大時代。

　　漢朝分爲西漢（前202～9年）與東漢（25～220年）兩個歷史時期。

　　西漢爲漢高帝劉邦所建立，建都長安；

　　東漢爲漢光武帝劉秀所建立，建都洛陽。

　　其間有王莽短暫自立的新朝（9～23年）與西漢末年劉玄稱帝的更始時期（23～25年）。

（一）漢代疆域圖

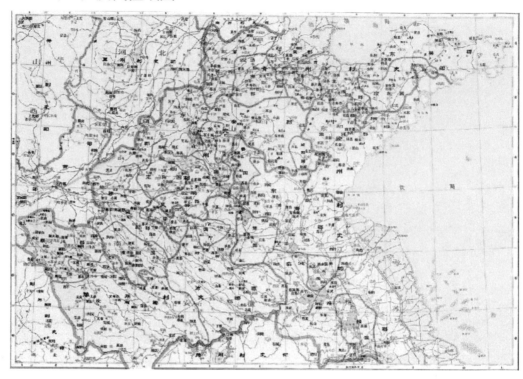

（二）漢代政治示意圖

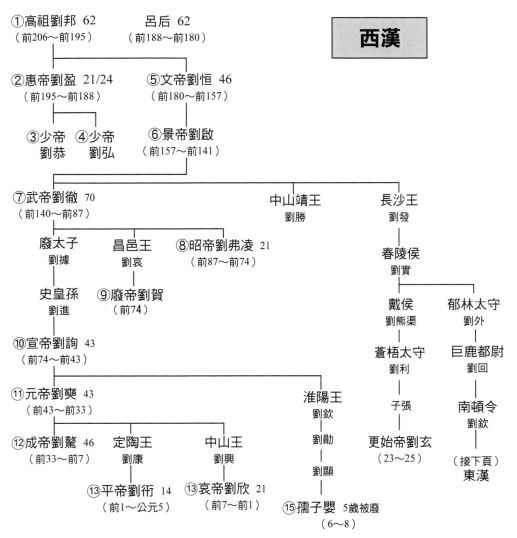

①高祖劉邦 62
（前206～前195）

呂后 62
（前188～前180）

西漢

②惠帝劉盈 21/24
（前195～前188）

⑤文帝劉恒 46
（前180～前157）

③少帝
劉恭

④少帝
劉弘

⑥景帝劉啟
（前157～前141）

⑦武帝劉徹 70
（前140～前87）

中山靖王
劉勝

長沙王
劉發

廢太子
劉據

昌邑王
劉賀

⑧昭帝劉弗凌 21
（前87～前74）

春陵侯
劉實

史皇孫
劉進

⑨廢帝劉賀
（前74）

戴侯
劉熊渠

郁林太守
劉外

⑩宣帝劉詢 43
（前74～前43）

蒼梧太守
劉利

巨鹿都尉
劉回

⑪元帝劉奭 43
（前43～前33）

淮陽王
劉欽

子張

南頓令
劉欽

⑫成帝劉驁 46
（前33～前7）

定陶王
劉康

中山王
劉興

劉勛

更始帝劉玄
（23～25）

（接下頁）
東漢

劉顯

⑬平帝劉衍 14
（前1～公元5）

⑬哀帝劉欣 21
（前7～前1）

⑮孺子嬰 5歲被廢
（6～8）

（三）漢代帝王世系圖

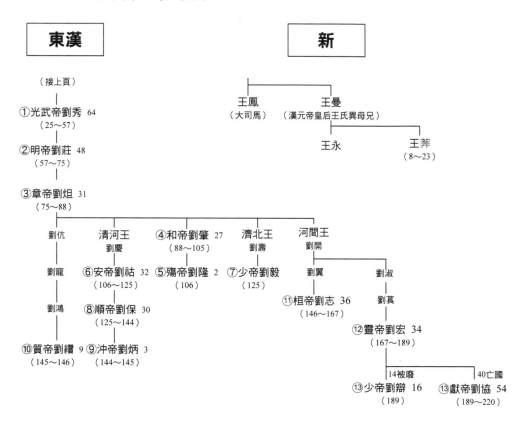

二、漢代博城故事

漢代博城即博縣，或稱博陽，楚漢間兩為齊王都。入漢以後，長期為濟北國屬郡，是兩漢時期齊魯間重要城市，發生過各種重要歷史事件，是徂汶傳統文化的一段輝煌時期，留下了值得探索鉤稽的寶貴人文資源。

（一）田氏四王博城

秦末大亂，六國之後皆反秦自立。故齊王田氏後裔田儋遂自立為齊王，與從弟榮、榮弟橫發兵東略，定齊地。後儋為秦將章邯殺於臨濟下，齊人乃立故齊王建之弟田假為王。儋從弟榮怒齊之立假，乃立儋子市為王，榮相之，橫為將，平齊地。田假後歸楚，項梁邀田榮共擊章邯。榮則要求「楚殺田假，趙殺角、間，乃出兵」，楚、趙皆不聽齊，榮怒乃不肯出兵。章邯果敗殺項梁，項羽由此怨榮。後項羽滅秦封侯，其追隨者齊王市更王膠東，治即墨。齊將田都從共救趙，因入關，故立都為齊王，治臨菑。故齊王建孫田安，項羽方

度河救趙，安下濟北數城，引兵降項羽，羽立安爲濟北王，治博陽。

田榮則以負項梁，不肯助楚攻秦，故不得王。趙將陳餘亦失職，不得王。二人俱怨項羽。楚漢相爭，田榮攻殺濟北王安，自立爲王，盡並三齊之地。

項王聞之，大怒，乃北伐齊。田榮兵敗，走平原，平原民殺榮。項羽遂燒夷齊城郭。榮弟橫復收齊散兵，乘項羽南救彭城與漢戰於滎陽之機，復收齊城邑，立榮子廣爲王，而橫相之，政事無鉅細皆斷於橫。

此後劉邦派酈食其說齊歸漢。田橫以爲可行，遂弛武備。爲漢將韓信所乘，攻入臨淄。齊以爲被酈食其所賣，立烹殺之。齊王田廣走高密，丞相田橫走博陽，守相田光走城陽，將軍田既守膠東。漢將韓信與曹參破齊王田廣。齊王田廣死，橫乃於博陽自立爲齊王，旋爲漢將灌嬰敗於嬴下。（以上見《史記》《漢書》田儋列傳等）

按以上過程，則秦末楚漢之間，先後有故齊王族之後田安、田榮、田廣、田橫四人在博城爲齊王。

（二）田橫五百義士

田橫反漢失敗後，與部下五百餘人避於海上（今山東即墨的田橫島）。漢興，高祖詔招之，「曰：『橫來，大者王，小者乃侯耳；不來，且發兵加誅。』橫乃與其客二人乘傳詣雒陽」。但田橫恥臣漢王，又不願與酈食其之弟同朝，乃於路自殺。高祖葬以侯王之禮。隨行兩門客自殺以殉，島上五百人聞橫死，亦自殺。太史公曰：「於是乃知田橫兄弟能得士也。」（《漢書・田儋列傳》）

（三）馮無擇、張章封博城侯

《史記・呂太后本紀》載：

> 四月，太后欲侯諸呂，乃先封高祖之功臣郎中令無擇（徐廣曰「姓馮。」）爲博城侯。〔正義〕曰：《括地志》云：「兗州博城，本漢博城縣城。」

按：《史記・惠景間侯者年表》「博城」作「博成」，敘「侯功：以悼武王郎中，兵初起，從高祖起豐，攻雍丘，擊項籍，力戰，奉衛悼武王出滎陽，功，侯。」馮無擇在位四年卒，由其子侯代繼位，在位四年，「高后八（180）年，侯代坐呂氏事誅，國除。」前後爲時不過八年。馮無擇爲漢代第一位封地在博城之王侯。其前後漢封歷代濟北王均都盧（今濟南市長清區）。馮無擇，趙華陵君馮亭之後。（《漢書・馮奉世傳》）

又，漢宣帝（劉詢）地節四（前 66）年乙卯，霍光後人謀廢宣帝，長安「男子張章先發覺，以語期門董忠，忠告左曹楊惲，惲告侍中金安上。惲召見對狀，後章上書以聞。侍中史高與金安上建發其事，言無入霍氏禁闥，卒不得遂其謀，皆儀有功。封章爲博城侯，忠高昌侯，惲平通侯，安上都成侯，高樂陵侯。」（《漢書卷‧霍光列傳》）

（四）漢武九至

漢武帝封禪，先後九至泰山。第一次在博陽，第二次至第九次均在其新立的奉高。以到達之次數論，漢武帝泰山封禪以駐蹕奉高爲主。但是，漢初泰山主峰仍在博城，加以奉高部分本爲博城舊地，雖辟爲奉神之區，但與博城仍並爲泰山郡治，所以其雖駐蹕奉高，而封禪之事，仍在博城域內；又以「萬事開頭難」論，其第一次至博陽、上石置泰山之顚，也最值得紀念。實際上今存漢武帝封禪主要遺迹也就是立於泰山之巔的「無字碑」〔註1〕了。

（五）泰山石敢當

「石敢當」名起於西漢史游《急就章》云：「師猛虎，石敢當，所不侵，龍未央。」而至晚唐代已有「泰山石敢當」之說。其說以泰山石碑（三尺三寸高）立於橋道要衝，或砌於面對道路的房屋牆壁之上，可以阻擋鎮壓邪祟，並流爲民俗。2006 年 6月被列入第一批國家級非物質文化遺產名錄。〔註2〕

（六）泰山神女

西晉張華（232～300）著《博物志》：載：

> 太公爲灌壇令，文王夢見婦人哭當道，問其故，曰：「吾太山神女，嫁爲西海婦。吾行必以暴風雨，灌壇令當吾道，不敢以疾風暴雨過也。」夢覺，召太公語焉。三日，果疾風暴雨過。

按：張華字茂先。范陽方城（今河北固安）人。西晉時期政治家、文學家、藏書家。論者或以爲此泰山神女即後世碧霞元君形象的淵源。

〔註1〕泰山極頂「無字碑」，一說爲秦始皇登岱所立。今從顧炎武、郭沫若說爲漢武帝所置。

〔註2〕《周郢讀泰山的博客》（http://blog.sina.com.cn/zy4821330）

附錄一：

曹操得「青州兵」

　　漢靈帝初平三（192）年壬申，青州黃巾眾百萬入兗州，曹操時領兗州牧，擊黃巾於壽張東，破之。追，黃巾至濟北乞降。冬，受降卒三十餘萬，男女百餘萬口，收其精銳者，號爲「青州兵」（《三國志・魏書・武帝紀》）。

按：東漢末年濟北乃分兗州泰山郡五城所置濟北國，博縣屬泰山郡，故此與博城無關。記以備參考。

附錄二：

濟北神女

　　魏濟北郡從事掾弦超，字義起，以嘉平中夜獨宿，夢有神女來從之。……謂超曰：「我，天上玉女，見遣下嫁，故來從君，不謂君德。宿時感運，宜爲夫婦。不能有益，亦不能爲損。然往來常可得駕輕車，乘肥馬，飲食常可得遠味異膳，繒素常可得充用不乏。然我神人，不爲君生子，亦無妒忌之性，不害君婚姻之義。遂爲夫婦。」……七八年，父母爲超娶婦之後，分日而燕，分夕而寢，夜來晨去，倏忽若飛，唯超見之，他人不見。雖居闇室，輒聞人聲，常見蹤跡，然不睹其形。後人怪問，漏泄其事；玉女遂求去。云：「我，神人也。雖與君交，不願人知，而君性疏漏，我今本末已露，不復與君通接。積年交結，恩義不輕；一旦分別，豈不愴恨？勢不得不爾。各自努力！」……取織成裙衫兩副遺超。又贈詩一首，把臂告辭，涕泣流離，肅然昇車，去若飛迅。超憂感積日，殆至委頓。去後五年。超奉郡使至洛，到濟北魚山下，陌上西行，遙望曲道頭有一馬車，似知瓊。驅馳至前，果是也。遂披帷相見，悲喜交切。控左援綏，同乘至洛。遂爲室家，克復舊好。至太康中，猶在。但不日日往來，每於三月三日，五月五日，七月七日，九月九日旦，十五日輒下，往來經宿而去。張茂先爲之作《神女賦》。（晉干寶《搜神記》卷一）

《太平廣記》卷六一錄作《成公智瓊》，前半與上引同，結末增云：

　　張茂先爲之賦《神女》其序曰：「世之言神仙者多矣，然未之或驗。如弦氏之歸，則近信而有徵者。」甘露中，河濟間往來京師者，頗説其事，聞之常以鬼魅之妖耳。及遊東土，論者洋洋，異人同辭，猶以流俗小人，好傳浮僞之事，直謂訛謠，未遑考核。會見濟北劉長史，其人明察清信之士也。親見義起，受其所言，讀其文章，見其衣服贈遺之物，自非義起凡下陋才所能構合也。又推問左右知識之者，云：「當神女之來，咸聞香薰之氣、言語之聲。」此即非義起淫惑夢想明矣。又人見義起強甚，雨行大澤中而不沾濡，益怪之。鬼魅之近人也，無不羸病損瘦。今義起平安無恙，而與神人飲燕寢處，縱情兼欲，豈不異哉！（出《集仙錄》）

　按：東漢末年濟北乃分兗州泰山郡五城所置濟北國，博縣屬泰山郡，三國魏因之，故此與博城無關。但是，後世泰山主神碧霞元君的形象或可以追溯至此。

第五章　漢武帝與博城

一、關於漢武帝

　　漢孝武帝本名彘，改名徹。一說徹之，字曰通。母曰王美人，名娡。景帝前元元（前 156 年 7 月 14 日～前 87 年 3 月 29 日）年出生，爲景帝第九子。四歲受封膠東王，都即墨（今屬山東青島）。七歲爲太子。十六歲即位，爲西漢第七位皇帝。七十歲卒，在位五十四（前 140～前 87）年，諡孝武皇帝。

　　漢武帝在漢初「文景之治」的基礎上開創了西漢王朝最爲鼎盛繁榮的時期，其雄才大略、文治武功，鞏固並擴大了秦漢以來中國大一統的疆域，在國內逐漸形成漢族爲主體的華夏民族，使漢朝成爲當時世界上最強大的國家，他也因此與秦始皇並稱「秦皇漢武」。其「文治武功」，可概括爲九個方面：

　　（一）開疆拓土，奠定版圖。
　　（二）罷黜百家，獨尊儒術。
　　（三）興建學校，察舉征辟。
　　（四）中朝決策，推恩弱藩。
　　（五）鹽鐵官營，中央鑄幣。
　　（六）遣使西域，開絲綢路。
　　（七）創立年號，改用漢曆。
　　（八）九至泰山，七次封禪
　　（九）下詔罪己，首開風氣。

二、漢武帝泰山封禪

漢武帝與秦始皇並稱「秦皇漢武」，而其巡狩封祀興趣之濃，用事之勤，猶有過之。在位五十四年中，巡狩天下達三十餘次，多年都在巡守祭祀的路上。僅元封元年一次東巡封禪，就歷時四、五個月，行程一萬八千里。以遊歷之廣，大概除傳說中的周穆王遊行之外，是歷代帝王之最了。

漢武帝是秦始皇之後又一位封禪泰山的帝王，他自元封元（前 110）年四十六歲起，至其駕崩前一年的徵和三（前 92）年最後一次封禪泰山，二十二年中，行幸封祀泰山達九次之多，從而是歷代封祀泰山最多最勤的帝王。因此，無論從地位之高或用事之勤看，漢武帝都是泰山文化史上最重要歷史人物之一。

（一）漢武帝為什麼能封禪

從司馬遷在《史記·封禪書》中所說看，古代帝王不是隨便就可以封禪的。帝王封禪必須具備四個條件，即受命帝王，有符瑞顯兆，有功，有德。這些條件漢初諸帝似乎都不完備，但是經過解釋，到了漢武帝就可以說都具備了。所以，漢武帝封禪泰山，既是出於他個人的欲望，也是由於當時政治形勢的需求和推動，以及自古帝王封禪泰山歷史傳統的影響。具體說有以下幾個原因：

1、漢滅秦、楚立國之後，經過多年休養生息，興利除弊，國力逐漸強大，社會安定，至公元前 110 年，經漢武帝裁抑相權，削諸侯，遷豪族，行告緡，逐匈奴，平南越，通西域等均大功告成，已合於所謂「王者易姓而起，天下太平，功成封禪，以告太平」的要求；

2、「封禪者，王者之開務之大禮也」（袁宏《後漢紀》）。至武帝朝，漢興已六十年，高祖以來諸帝均未封禪，「縉紳之屬皆望天子封禪改正度也。」封禪似乎已成當務之急；

3、漢武帝繼位以後屢現祥瑞，如所說公元前 122 年武帝巡守雍縣時獲麟，因改元「元狩」，前 116 年汾陰人掘土得大鼎，武帝使人驗之，以為是「遭聖則興」的神物；又有敦煌人來獻「神馬」，於是儒生、方士群相鼓吹「寶鼎出而與神通，封禪」，武帝乃信之不疑，決意封禪；

4、武帝自幼「尤敬鬼神之祀」，信用方士以致神求仙，加以他所寵愛的李夫人（一說王夫人）死，思念不置，自己不久也得了一場大病，所謂「病鼎湖甚」，從而欲信神仙。恰又方士們說黃帝因封禪而不死成仙，於是乃感歎說：「嗟乎！吾誠得如黃帝，吾視去妻子如脫躧耳！」所以武帝的最終決定封

禪，實是欲效黃帝封禪成仙。若不然，別家帝王能行封禪的也都僅一次而已，漢武帝為什麼一次又一次，至七次之多，還不斷地往膠東海上跑呢？

5、儒生的大力支持鼓動。自武帝即位之初，就有儒生趙綰、王臧等議立明堂，武帝寵臣司馬相如臨終還遺下《封禪文》希望武帝封禪，至最後決定，漢武帝徵詢當時名儒左內史倪寬的意見，倪寬深表贊成，以為封禪乃「帝王之盛節」，今已「天地並應，符瑞昭明」，當「順成天慶」。

（二）漢武帝泰山封禪祭祀年表

序號	時間／地點	封禪／祭祀	事略
1	元封元（前110）年春三月／博城	無	春三月，東上泰山，山之草木葉未生，乃令人上石立山之顛。
2	元封元年夏四月／博城、奉高	封禪1	夏四月，至梁父。禮祠地主。……封泰山下東方，如郊祠泰一之禮；
		封禪2	……禮畢，天子獨與侍中奉車子侯上泰山，亦有封。其事皆禁。明日，下陰道。丙辰，禪泰山下址東北肅然山，如祭后土禮。坐周明堂，詔割嬴、博置奉高縣；免博、奉高等縣租賦，令諸侯各治邸泰山下。
3	元封二年夏四月／奉高、博城	祭祀	夏四月，祠泰山；秋，作明堂於汶上。
4	元封五年春三月／奉高	封禪	春三月，修封，於明堂祀高祖，以配上帝，朝會諸王侯，受郡國計。
5	太初元（前104）年冬／奉高、博城	祭祀	十月，至泰山；十一月，於明堂祀上帝；十二月，禪高里山。
6	太初三年夏四月／奉高、博城	封禪	過泰山行封，禪石閭山
7	天漢三（前98）年／春三月奉高、博城	封禪	修封禪之禮，祀明堂
8	太始四（前93）年春三月／奉高、博城	封禪	祀高祖、景帝於明堂。登封，禪石閭山。
9	徵和四（前89）年春三月／奉高、博城	封禪	封泰山，禪石閭山，祀明堂。

以上，漢武帝共九至泰山，一次上石，兩次祭祀，七次封禪，是歷史上封禪泰山次數最多的皇帝，對後世帝王封禪祭祀泰山有極大引領作用。

三、漢武帝元封泰山的過程

漢武帝元封泰山行事可分為六個階段；封禪兩次，前後共計四天：

（一）「振兵釋旅，然後封禪」

元鼎六（前 111）年冬始行封禪。武帝以為「古者先振兵釋旅，然後封禪」，於是乘輿大駕，公卿、太僕、將軍參乘，屬車八十一乘，置十二部將軍，領兵十八萬軍騎，旌旗連綿千餘里，北巡朔方。回程路經橋山，致祭黃帝陵，安置軍隊於須如（一作『涼如』）。然後到了甘泉（今陝西省延安市甘泉縣），因為將要封禪泰山，所以先在甘泉祭祀了與泰山相關的太一神。這實際上是為封禪泰山製造聲勢，一定程度上也是封禪泰山的預演。這既是「齊人將有事於泰山。必先有事於配林」（《禮記·禮器》）的傲仿，又似乎後世國家慶典的「閱兵式」。

（二）禮登中嶽，立崇高邑

元封元（前 110）年春三月，漢武帝親率封禪隊伍自長安出發，先東幸緱氏（今鎮，在今河南偃師市緱氏鎮東南），依禮登上中嶽太室山。從官在山下聞若有言「萬歲」云。問上，上不言；問下，下不言。於是以三百戶封太室奉祠，命曰崇高邑。後在泰山置奉高邑，用意亦如此。

（三）嶽巔立石，東祭八神

自太室山東行至太山，太山之草木葉未生，乃令人上石，立之太山巔，即今泰山極頂「無字碑」（或說秦始皇所立，此從顧炎武、郭沫若說）。但《風俗通》記武帝碑刻曰：「石高二丈一尺，刻之曰：『事天以禮，立身以義，事父以孝，成民以仁。四海之內，莫不為郡縣，四夷八蠻，咸來貢職。與天無極，人民蕃息，天祿永得。』」分嬴、博縣地置奉高縣。奉高縣專為奉祀泰山神設，免賦稅，有奉高宮，武帝巡守封禪至泰山所居〔註1〕。其時應在博縣。然後東巡海上，祭祀八神主，而後折返奉高，封禪泰山。

（四）「禮祠地主」，「封泰山下東方」

前後兩次封禪，共計四天：

第一天：元封元年四月，當為甲寅日，天子還至奉高，至梁父，禮祠地

〔註1〕《史記·衛交將軍驃騎列傳》注引「蔡邕曰：『天子自謂所居曰『行在所』，言今雖在京師，行所至耳。巡狩天下，所奏事處皆為宮。在長安則曰奏長安宮，在泰山則曰奉高宮，唯當時所在。』」

主。梁父山神爲地主，是八神主之一。漢武帝的這一次「禮祠地主」，應該是八神祭祀的內容，但也可以說是禪梁父；

第二天：四月乙卯，命親近侍從儒臣，戴著專用於行射禮的皮帽長帶衣服，行射牛禮。以所射得牛爲犧牲，祭獻後封埋於泰山之下東方，祭祀用郊祠泰一之禮。封土寬一丈二尺，高九尺，其下則有玉牒書，書寫文字，秘不爲人知。此「封泰山下東方」與上「禮祠地主」爲第一次封禪，也應該是正式封禪泰山的預演；

（五）上封泰山，降禪肅然

同日，接以上禮畢，漢武帝獨自帶了侍中奉車子侯霍嬗，自奉高出發，登博城境內泰山極頂。《史記》載「亦有封，其事皆禁」，也就是說司馬遷等史官及後人皆無從知曉，亦不便猜測。當晚武帝宿於山頂，天朗氣清，見如有白雲出封中，武帝以爲祥瑞，群臣皆賀。（封泰山）

第三天：漢武帝從泰山後路下山；

第四天：丙辰，禪泰山下址東北的肅然山（在今萊蕪市寨里鎮王許村），如祭后土禮。（禪肅然）

（六）封禪禮成，頒詔慶賞

第五天：封禪禮成，漢武帝還坐周明堂〔註2〕，朝諸侯大臣，「群臣更上壽」。於是制詔：古明堂處險不敞，令奉高於汶上新建；賞賜百姓每百戶一頭牛，十石酒；發給年八十孤寡布帛二匹；賜天下民爵一級，女子百戶牛酒；免除博（縣）、奉高、蛇丘、歷城、梁父諸縣民田租逋賦貸及今年租稅；大赦天下；令諸侯皆治官邸於泰山下，備爲隨天子封禪時居住；以十月爲元封元年。

史載明堂朝觀以後，天亦無風雨（不像秦始皇封禪遇暴風雨），所以漢武帝很高興。而方士又說蓬萊諸神好像也能遇得上，於是又欣然復東至海上望焉。

然而蓬萊諸神未見，隨武帝登封泰山的奉車子侯卻暴病而死。對此，據說漢武帝告霍家人說子侯已然成仙，但後世人頗疑爲武帝畏惡所害死〔註3〕。

〔註2〕《漢書音義》曰：「天子初封泰山，山東北址古時有明堂處，則此所坐者。明年秋，乃作明堂。」

〔註3〕《史記·封禪書》「奉車子侯暴病，一日死」〔索隱〕曰：《新論》云：「武帝出璽印石，財有兆朕，子侯則沒印，帝畏惡，故殺之。」《風俗通》亦云然。

漢武帝失望而去，北至碣石，巡自遼西，歷北邊至九原。五月，返至甘泉，周行萬八千里。有司言寶鼎出而改元元鼎，乃詔以今（前110）年爲元封元年。

四、漢武帝元封泰山儀禮及其他

以上漢武帝泰山封禪所涉及禮儀，多因古禮仿製，或自創立，主要有以下節目：

（一）「射牛」以備祭禮

「射牛」爲祭祀古禮，見《尚書》《周官》《王制》，《史記·封禪書》《漢書·孝武帝紀》等載，故漢武帝「乃令諸儒習射牛，草封禪儀」。《史記》「射牛事」下注引：

> 蘇林曰：「當祭廟，射其牲以除不祥。」瓚曰：「射牛以示親殺也。」〔索隱〕曰：天子射牛，示親殺也。事見《國語》。又

《漢書·郊祀志》「望祀射牛事」下：

> 師古曰：「天子有事，宗廟必自射牲，示親殺也。事見《國語》也。」

《國語》卷第十八《楚語下》：

> 天子禘郊之事，必自射其牲，王后必自舂其粢……以事百神。

這就是說，根據古禮，天子郊祀以牛爲祭品，作爲犧牲的牛必須是天子親自射殺的。這便成爲漢武帝封禪泰山準備祭品的一項禮儀。但是觀《封禪書》載「乙卯，令侍中儒者皮弁薦紳，射牛行事」，似乎真到射牛之時，漢武帝並未親射，而由儒者代替，或者他只是象徵性地「射牛」過了而已。

（二）「封泰山下東方」

按《史書·封禪書》載，漢武帝「四月，還至奉高」，因爲不滿於諸儒及方士說封禪儀言人人殊，難以施行，乃自作主張「至梁父，禮祠地主。乙卯，令侍中儒者皮弁薦紳，射牛行事。封太山下東方，如郊祠太一之禮。封廣丈二尺，高九尺，其下則有玉牒書，書秘」等。「泰山下東方」具體位置不詳。而奉高縣小，此東方或在博縣境內。但這一次公開舉行，也相當隆重。其儀

顧胤案：《武帝集》帝與子侯家語云「道士皆言子侯得仙，不足悲」，此說是也。

式「如郊祠太一之禮」。

（三）「如郊祠太一之禮」

郊祠是古代天子在郊外祭祀天地之禮。所謂「如郊祠太一之禮」，即仿照郊祀祭太一神的做法而為。「太一」即北極星。「郊祀太一之禮」是亳人方士謬忌所制訂。《封禪書》載亳（亳州，今市，屬安徽）人謬忌奏說祭祀祠太一神的儀式，曰：

> 天神貴者太一，太一佐曰五帝。古者天子以春秋祭太一東南郊，
> 用太牢，七日，為壇開八通鬼道。

於是天子令太祝立其祠長安東南郊，常奉祠如忌方。其後又有人上書言：

> 古者天子三年一用太牢祠神三一：天一、地一、太一。

漢武帝也答應了，令太祝按照其所說，用太牢祠之於謬忌的太一壇上。後來又有人上書言：

> 古者天子常以春解祠，祠……太一、澤山君地長用牛；武夷君
> 用乾魚；陰陽使者以一牛。

漢武帝也准許了，令祠官領之如其方，而祠於謬忌之太一壇旁。

（四）「封……東方」之臺

漢武帝「封太山下東方」的「封」，是「廣丈二尺，高九尺」的高臺，「其下則有玉牒書，書秘」。本來是封泰山，卻為什麼不直接登頂而封，卻把儀式放在「泰山下東方」？這個疑問的答案，應該就是接下來漢武帝登封泰山只帶一人隨從的原因了。

（五）上封泰山，「其事皆禁」

《史記·封禪書》載：

> 禮畢，天子獨與侍中奉車子侯上太山，亦有封。其事皆禁。

這裡「禮畢」云云上接「封泰山下東方」的乙卯當天，漢武帝就登封泰山去了，可見其成仙之急切。

武帝登泰山隨從只有侍中奉車子侯一個人。為什麼不帶更多人？史家未說。想來大約武帝此舉為整個東巡和封禪泰山的「核心機密」，即他認為這一次登頂而封，真的是要與黃帝一樣升仙了。而傳說黃帝乘龍升仙時，有許多臣下攀龍隨上，他們誰上誰不上都不是漢武帝關心的，漢武帝很可能擔心攀隨的人多了，會對他的升仙有所不利，所以不願意有眾人相隨；卻在登山頂

的途中和未成仙之前，只有自己一個人又太過孤獨，所以還是帶了他最信任的奉車子侯霍嬗作伴。

漢武帝帶了霍嬗上到山頂以後怎麼行禮？《史記》等都沒有任何記載，只說「亦有封」。這應當是說也埋了「玉牒書」之類，但「其事皆禁」。所以，就只有漢武帝與霍嬗兩個人知道了。漢武帝肯定不說，霍嬗當時也不敢說；但是，霍嬗畢竟年輕，後來又說怎麼辦？漢武帝不可能沒有這樣的擔心。因此，很有可能就藉故把霍嬗殺掉了，史書上只稱「奉車子侯暴病，一日死」，但所說漢武帝對霍的家人稱霍嬗是升仙去了。無論如何霍嬗一死，漢武帝在泰山極頂怎樣封的，便成了永遠的謎。

（六）降禪肅然，「如祭后土禮」

漢武帝登封泰山之後，並沒有如其所相信和羨慕的黃帝一樣升仙，而是還要回到山下地面上來。《史書·封禪書》載其登封之後曰：

> 明日，下陰道。丙辰，禪太山下趾東北肅然山，如祭后土禮。天子皆親拜見，衣上黃而盡用樂焉。江淮間一茅三脊為神藉。五色土益雜封。縱遠方奇獸蜚禽及白雉諸物，頗以加禮。兕牛犀象之屬不用。皆至太山祭后土。封禪祠，其夜若有光，晝有白雲起封中。

由此可知，漢武帝四月乙卯登封之後，是在山頂住了一夜，第二天即丙辰由泰山後山路下山，「禪泰山趾東北肅然山」。肅然山在今萊蕪市寨里鎮王許村。漢武帝禪肅然山「如祭后土禮」。

祭后土即祭地祇，其禮儀見《漢書》卷二十五《郊祀志上》載：

> 其明年，天子郊雍，曰：「今上帝朕親郊，而后土無祀則禮不答也。」（師古曰：「答，對也。郊天而不祀地，失對偶之義。一曰：闕地祇之祀，故不為神所答應也。」）有司與太史令談、祠官寬舒議：（師古曰：「談，即司馬談也。」）「天地牲，角繭栗。（師古曰：「牛角之形或如繭，或如栗，言其小。」）今陛下親祠后土，后土宜於澤中圜丘為五壇，壇一黃犢牢具。已祠盡瘞，而從祠衣上黃。」（師古曰：「侍祠之人皆著黃衣也。」）

以上史文及注表明祭后土禮儀與郊天為「對偶」不能缺一之禮，祭天之後也要祭地。祭天地用牲是角如繭或栗的「黃犢」，即黃色的牛犢。天子親祭，於澤中作圓土堆，上立五壇，每壇一黃犢。祭祀後都要埋於地下。凡參加祭祀者都穿黃色衣服。上引《郊禮志》載漢武帝禪肅然之儀禮，也大致如此。

但是，漢武帝禪肅然與祭后土之禮儀也有明顯不同，即「用樂」應爲特製；其祭品用「江淮間一茅三脊爲神藉」，服虔曰：「茅草有三脊也。」張晏曰：「謂靈茅也。」師古曰：「藉，以藉地也。」即鋪墊在地上。另外，掩埋祭物用「五色土雜封」；結束時放生「遠方奇獸飛禽及白雉諸物，頗以加禮」，但不包括「兕牛犀象之屬」。與登頂上封漢武帝只帶了一人不同，降禪肅然之禮則是所有隨從封禪的官員都要參加。據說由於封禪大禮的成功，封禪祠夜若有光，而畫有白雲起泰山頂封土之中。

以上漢武帝封禪泰山之儀程略可表示爲：

射牛以備犧牲────→封泰山下東土────→登頂上封────→禪肅然

總之，漢武帝元封元年兩至泰山的封禪，乃曠世之大典。這次封禪，既承往古所謂「七十二家」之後，開啓此後二十餘年中他本人封禪泰山奉行不衰之禮，又把泰山封禪的傳統推至前所未有的強大，對泰山作爲「神山」「國山」形象的形成起有決定性作用。從而漢武帝與泰山、博城地方文化的聯繫，也固化爲歷史的一大景觀，不容忽略，值得紀念和研究。《（民國）重修泰安縣志》卷一《輿地志·建置》載：「漢武帝祠，在縣東南一百五十里宮裏鎮，有元明重修碑。」可見很早泰安人就接受漢武帝封禪爲泰山──博城──奉高傳統文化的一個成分。

（七）漢武帝泰山封禪的意義

漢武帝東巡封禪泰山在當時歷史條件下有一定促進社會發展的進步意義，也有某些政治流弊。其進步意義有以下幾點：

1、漢武帝東巡封禪，以朝會諸侯，實行中央對地方的巡查監督，起到了爲朝廷立威，強化了漢朝大一統政治結構的作用；

2、漢武帝在泰山封禪和臨海求仙的東巡中，也意識到可以沿途瞭解民情，視察地方政務。如其親見「自河決瓠子後二十餘歲，歲因以數不登，而梁、楚之地尤甚。天子既封禪巡祭山川，其明年，旱，乾封少雨。天子乃使汲仁、郭昌發卒數萬人塞瓠子決」，武帝親臨決口，悼功之不成，乃作《瓠子歌》。……自是之後，用事者爭言水利」（《史記·河渠書》）。《瓠子歌》中即有句云：「不封禪兮安知外？皇謂河公兮何不仁。」

3、泰山封禪和東巡凸顯了泰山在政治文化中的地位與作用，對泰山作爲「神山」「國山」的形象的形成有重大推動。

4、重啓繼世守成之君封禪之風。按自古封禪爲開國帝王之事，而周成王

開繼世守成之君封禪泰山之先河，但秦始皇以統一秦朝開國之君封禪泰山，實爲傳統之復歸，至漢武帝乃又上接周成王，下啓唐宋數代繼世守成之君封禪泰山之風。

漢武帝封禪泰山的政治流弊主要有二：

一是爲自先秦以來的求仙運動推波助瀾。《史記》《漢書》均明確指武帝封禪泰山是爲了效法黃帝以求仙，《後漢書·祭祀上·封禪》也說：「初，孝武帝欲求神仙，以扶方者言黃帝由封禪而後仙，於是欲封禪。」但實際上他東巡封禪以求仙的動機與做法與秦始皇如出一轍，是秦始皇迷信方士，癡於求仙傳統的演繹與發揮；

二是連年封禪泰山和巡狩各地，興師動眾，耗費巨大，加重了中央和地方財政負擔。

對此，漢武帝在《輪臺罪己詔》中都作了懺悔。所謂「過而能改，善莫大焉」（《左傳·宣公二年》），是漢武帝比秦始皇高明的地方。

八：霍嬗之死

《史記·封禪書》載：

> 乃復東至海上望，冀遇蓬萊焉。奉車子侯暴病，一日死。（〔索隱〕曰：《新論》云：「武帝出璽印石，財有兆朕，子侯則沒印，帝畏惡，故殺之。」《風俗通》亦云然。顧胤案：《武帝集》帝與子侯家語云「道士皆言子侯得仙，不足悲」，此說是也。）

按：子侯時年才十歲左右，後來漢武帝還寫了《思奉車子侯歌》，似不曾「故殺之」。但成仙也是虛話，所以這對於霍氏無論如何是一個悲劇。不過，這並沒有影響漢武帝繼續求仙的熱情，「上乃遂去，並海上，北至碣石，巡自遼西，歷北邊至九原」《史記、封禪書》。

第六章　唐博（乾封）城文化

一、唐代歷史

　　唐朝歷史從 618 年李淵稱帝開始，到 907 年後梁太祖朱溫篡唐為止，共 289 年。大致以唐玄宗朝發生的「安史之亂」為界，分為開國、初唐、盛唐、中唐、晚唐。

（一）唐代疆域圖

（二）唐朝世系示意

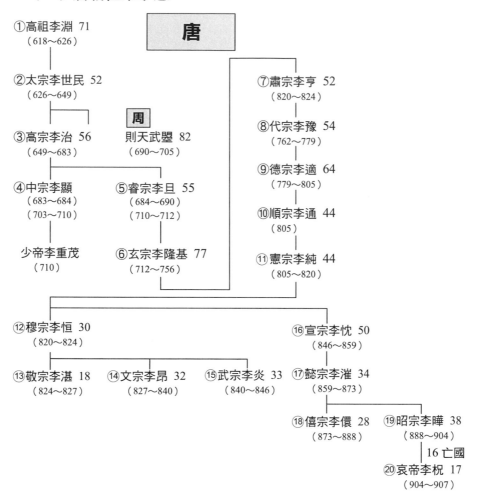

（三）唐博（乾封）城復興

唐代博城，本隋東泰州治博縣，唐高宗乾封元（666）年封禪泰山，改稱乾封。《舊唐書·地理志》：

> 乾封隋博城縣。武德五年，於縣置東泰州，領博城、梁父、贏、肥城、岱六縣。貞觀元（627）年，罷東泰州，省梁父、贏二縣入博城，仍以博城屬兗州，兼省肥城。乾封元年，高宗封泰山，改為乾封縣，總章元（668）年，復為博城。神龍元（767）年，又為乾封。

《新唐書·地理志》：

> 兗州魯郡……乾封、上。本博城。武德五年以博城、梁父、贏

　　置東泰州，並置肥城、岱二縣。貞觀元年州廢，省梁父、嬴、肥城、
　　岱入博城，來屬。乾封元年更名乾封，總章元年又曰博城，神龍元
　　年復曰乾封。有泰山，有東岳祠，有梁父山、亭亭山、奕奕山、云
　　云山、社首山、肅然山、石閭山、蒿里山。

　　從以上兩志記載可知，唐代博城在大多數時期包括了隋之博城、梁父、
嬴、肥城、岱五縣，屬兗州魯郡。自唐高宗乾封元年封禪泰山改稱乾封，隔
一年至總章元年又改回博城，至神龍元年再改回乾封，然後直至宋初開寶五
（972）年縣治遷至岱嶽，相沿稱乾封縣。這就是說，唐代博城稱乾封長達三
百年，轄區包括唐貞觀前之博縣和梁父、嬴、肥城、岱五縣地，是博城歷史
上轄域大而穩定的一個時期。其時，奉高縣早在隋初已廢置，泰山一直在博
城即乾封境內，是唐代至宋初封禪泰山行宮所在之地。因此，博城迎來秦及
漢初以降第二個輝煌時期。從而唐博城歷史文化具有一定典型性。

二、唐高宗／武后泰山封禪

　　唐高宗李治（628～683），字為善。太李世民第九子，唐朝第三代皇帝（649
～683 年在位）。其母為長孫皇后，為嫡三子。貞觀五（631）年封為晉王，後
因唐太宗的嫡長子皇太子李承乾與嫡次子魏王李泰相繼被廢，他於貞觀十七
（643）年被立為皇太子；貞觀二十三（649）年即位。在位三十四年。卒葬
乾陵，諡號天皇大帝。

　　武則天（624～705），名曌，祖籍并州文水縣（今山西文水縣東），生於
長安（今陝西省西安市）。唐朝功臣武士彠次女，母親楊氏。十四歲入宮為唐
太宗才人，賜號「武媚」。唐高宗時初為昭儀，後為皇后（655～683），尊號
為天后，與唐高宗李治並稱二聖。公元 683 年 12 月 27 日～690 年 10 月 16 日
作為唐中宗、唐睿宗的皇太后臨朝稱制，後自立為武周皇帝（690～705），是
中國歷史上第一位女皇帝。公元 705 年退位以後，則為中國歷史上唯一女性
太上皇。武周一朝結束，唐朝復辟，恢復以神都為東都。神龍元年農曆十一
月二十六日（705 年 12 月 16 日），武氏在上陽宮病死，年八十二，後與高宗
合葬乾陵。

（一）唐高宗為什麼能封禪

　　泰山封禪是「王者開務之大禮」（袁宏《後漢紀》），「帝王之盛節」（《漢

書・倪寬傳》），所以凡是做上皇位的便沒有不希望一試者。但是，由於各種原因，多數皇帝都未能行泰山封禪。唐高宗能成爲少數封禪泰山的帝王之一，有以下幾個方面的具體原因：

1、唐高祖與太宗，特別是唐太宗很想封禪泰山，也幾乎就要成行了，卻「會有彗星之變，乃下詔罷其事」。從而唐太宗有「貞觀之治」的功業，卻沒有能做「告成功」於天地的封禪。這使得唐朝確立自身正統地位、構建本朝思想體系的泰山封禪大典，就歷史地落在了第三代皇帝唐高宗李治身上；

2、唐高宗時期的「永徽之治」（650～655）尚有「貞觀之治」的餘烈，國富民安，天下太平，足以支持耗費巨大的封禪泰山之禮；

3、「高宗即位，公卿數請封禪」（《舊唐書・禮儀志三》）；

4、皇后武則天的暗中勸行。《舊唐書・則於皇后本紀》：

> 永徽六年，廢王皇后而立武宸妃爲皇后。高宗稱天皇，武后亦稱天后。后素多智計，兼涉文史。帝自顯慶已後，多苦風疾，百司表奏，皆委天后詳決。自此内輔國政數十年，威勢與帝無異，當時稱爲「二聖」。

《禮儀志三》載：

> 高宗即位，公卿數請封禪，則天既立爲皇后，又密贊之。麟德二年二月，車駕發京，東巡狩，詔禮官、博士撰定封禪儀注。

《舊唐書・高宗本紀》載：

> 冬十月戊午，皇后請封禪，司禮太常伯劉祥道上疏請封禪。癸亥，高麗王藏遣其子福男來朝。丁卯，將封泰山，發自東都。

由此可見，唐高宗封禪多因於皇后武則天明裏暗裏的主張，而因此受到當時和後世儒者的譏刺，儘管有「男尊女卑」的偏頗，但是武則天後來一度廢李唐自爲武周皇帝的篡權苗頭，也的確由此可見。

（二）唐高宗／武后泰山封禪的過程

1、準備工作

乾封元（666）年封禪泰山之前的麟德二年二月，高宗車駕自長安出發東巡，下詔禮官、博士撰定《封禪儀注》，即「封禪手冊」或「指南」，列出封禪泰山的預案準備工作，主要包括下三個方面：

一是乾封元年正月戊辰朔封禪，封禪前七天黎明，太尉對隨從百官發佈

命令：「來月初一日封祀，初二日登封泰山，初三日禪社首，各守其職。不稱職者，以法論處。」皇上住行宮四天，清齋三天。隨從官員、外國使者各在其公館清齋一宿等；

二是於泰山南四里築圓壇，三層十二階，仿郊祀祭天圓丘形制。壇上飾以青色，四面各依方位之色，並造燎壇、玉策、玉檢、金匱、玉匱、石城、石檢、距石等，亦同封祀之制，為封禪之祭品、用物；

三是封祀以高祖、太宗同配，禪社首以太穆皇后、文德皇后同配，皆以公卿充亞獻、終獻之禮。

但是，《儀注》無視武則天皇后新隨，沒有安排任何行禮事宜，立即遭到武后的抗表反對，「伏望展禮之日，總率六宮內外命婦，以親奉奠。冀申如在之敬，式展虔拜之儀，……於是祭地祇、梁甫，皆以皇后為亞獻，諸王大妃為終獻。」

2、封禪日程

麟德二（665）年十二月，高宗、武后率封禪群臣至乾封（博城）縣泰山下；

麟德三年正月戊辰朔，車駕至泰山下。是日帝親祀昊天上帝於封祀壇，以高祖、太宗配饗；親祭昊天上帝於泰山下封祀之壇，如圓丘祭天之儀式。祭畢，親封玉策，置石礘中，聚五色土封之。圓徑一丈二尺，高九尺。其日，帝率侍臣已下升泰山。為第一天；

第二天：己巳，帝升山行封禪之禮。就山上登封之壇封玉策完畢，復還山下乾封（博城）縣之行宮；

第三天：庚午，自乾封（博城）縣之行宮出發，禪於社首，祭皇地祇，以太穆太皇太后、文德皇太后配饗；高宗親自祭祀皇地祇於社首山上降禪之壇，如祭地用方丘之儀式，行初獻之禮畢，執事人員皆快步而下。皇后為亞獻，越國太妃燕氏為終獻，宦者執帷帳遮蔽，則天皇后率六宮嬪妃以升壇，行禮。百僚在位瞻望，或竊議焉。帷簾皆以錦繡為之。百僚在位瞻望，有私下議論者；

第四天：辛未，在社首山（屬乾封即舊博城）降禪壇休憩；

第五天：壬申，御降禪壇接受百官朝賀。改麟德三年為乾封元年，改博城為乾封。諸行從文武官及朝覲華戎岳牧、致仕老人朝朔望者，皆加官晉級不等。諸老人百歲已上版授下州刺史，婦人郡君；九十、八十節級。齊州給

復一年半，兗州二年。所歷之處，無出今年租賦。乾封元年正月五日已前，大赦天下，賜酺七日；詔立登封、降禪、朝覲之碑，各於壇所。又詔爲封祀壇命名爲舞鶴臺，介丘壇爲萬歲臺，降禪壇爲景雲臺，以紀當時所見之瑞。

第六天：癸酉，於乾封（博城）大宴群臣，陳《九部樂》，賜物有差，日昳而罷。

第七天：丙子，皇太子弘設會。

第八天：丁丑，於乾封（博城）頒詔，以前恩薄，普進爵及階、勳等，男子賜古爵。兗州界置紫雲、仙鶴、萬歲觀，封巒、非煙、重輪三寺。天下諸州置觀、寺一所。

第九天：丙戌，發自乾封（博城）縣。甲午，次曲阜縣，幸孔子廟，追贈太師，增修祠宇，以少牢致祭。其褒聖侯德倫子孫，並免賦役。後鑄「乾封寶泉」，今有流傳。（《舊唐書》高宗本紀、禮儀志三）

（三）唐高宗封禪逸事

1、武則天亞獻遭非議。《大唐新語》卷十三載：

高宗乾封初，封禪岱宗，行初獻之禮畢，執事者趨下，而宮官執帷。天后率六宮昇壇行禮，帷席皆以錦繡爲之，識者咸非焉。

2、唐高宗封禪問道士。《廣異記·李播》：

高宗將封東嶽，而天久霖雨，帝疑之，使問華山道士李播，爲奏玉京天帝。播，淳風之父也。因遣僕射劉仁軌至華山，問播封禪事。播云：「待問泰山府君。」遂令呼之。良久，府君至，拜謁庭下，禮甚恭。播云：「唐皇帝欲封禪，如何？」府君對曰：「合封。後六十年，又合一封。」播揖之而去。時仁軌在播側立，見府君，屢顧之。播又呼回曰：「此是唐宰相，不識府君，無宜見怪。」既出，謂仁軌曰：「府君薄怪相公不拜，令左右錄此人名，恐累盛德，所以呼回處分耳。」仁軌惶汗久之。播曰：「處分了，當無苦也。」其後，帝遂封禪。（《太平廣記》卷二九八）

三、唐玄宗泰山封禪

　　唐玄宗李隆基（685～762）是睿宗李旦的第三子，高宗李治的孫子。高宗庸儒，睿宗孱弱，但作爲皇子皇孫的李隆基卻雄才大略。雖然由於他老來「英雄難過美人關」，寵愛楊貴妃激成「安史之亂」，幾乎葬送了大唐江山，但他前期平定「韋氏之亂」和「太平公主」之亂，掃除「武周革命」的影響，促成與太宗「貞觀之治」並稱的「開元之治」的盛世，還是一個大的成就。故唐文宗時有舉子作《賢良對策》稱「太宗定其業，玄宗繼其明」。

　　唐玄宗封禪泰山，就是在「開元之治」的形勢下舉行的。其意義一是「革正斯禮」，清掃「女禍」；二是封巒展禮，撥亂反正。因此，唐玄宗的泰山封禪，實有撥亂反正、再造唐室的歷史作用。

　　與前代帝王歷次泰山封禪相比，唐玄宗泰山封禪更加盛大，而且題旨也更加正大。玄宗多次表示封禪「皆爲蒼生祈福，更無秘請」，「至誠動天，福我百姓」。封禪在山頂遇有寒風，玄宗不食，祈禱告天曰：「某身有過，請即降罰。若萬人無福，亦請某當罪。兵馬辛苦，乞停風寒」等，處處體現著「敬天重民」「長福百姓」的仁政氣象，是前代封禪不曾有過的。

（一）唐玄宗封禪的過程

　　第一天：十二年十一月丙戌，至泰山，去乾封（博城）境內山趾下五里，西去社首山三里；

　　第二天：丁亥，玄宗服衮冕於乾封（博城）行宮，致齋於供帳前殿；

　　第三天：己丑，日南至，大備法駕，由乾封行宮出發，至山下。玄宗御馬而登，侍臣從。先是玄宗以靈山清潔，不欲多人上，使初獻於山上壇行事，亞獻、終獻於山下壇行事。玄宗因問：「玉牒之文，前代帝王，何故秘之？」知章對曰：「玉牒本是通於神明之意。前代帝王，所求各異，或禱年算，或思神仙，其事微密，是故莫知之。」玄宗曰：「朕今此行，皆爲蒼生祈福，更無秘請。宜將玉牒出示百僚，使知朕意。」《玉牒文》其辭有曰：「有唐嗣天子臣某，敢昭告於昊天上帝……敬若天意，四海晏然。封祀岱嶽，謝成於天。子孫百祿，蒼生受福。」

　　第四天：庚寅，在嶽頂，祀昊天上帝於山上封臺之前壇，高祖神堯皇帝配享焉。邠王守禮亞獻，寧王憲終獻。皇帝飲福酒。

　　第五天：癸巳，在嶽頂封壇封藏玉牒，玄宗親以「天下同文」之印封之。

壇東南爲燎壇，積柴其上。皇帝就望燎位，火發，群臣稱萬歲。傳呼下。山下聲動天地。玄宗下山直赴乾封境內社首齋次，辰巳間至，日色明朗，慶雲不散。百辟及蕃夷爭前迎賀。

第六天：辛卯，祭皇地祇於乾封境內社首之泰折壇，睿宗大聖貞皇帝配祀。藏玉策於石礛，如封壇之儀。

第七天：壬辰，玄宗於乾封御朝覲之帳殿，會見文武百僚，二王後，孔子後，諸方朝集使，岳牧舉賢良及儒生、文士上賦頌者，以及外國使節等，頒詔「大赦天下。封泰山神爲天齊王，禮秩加三公一等。仍令所管崇飾祠廟，環山十里，禁其樵採。給近山二十戶復，以奉祠神」。玄宗製《紀太山銘》，御書勒於山頂石壁之上。中書令張說撰《封祀壇頌》、侍中源乾曜撰《社首壇頌》、禮部尙書蘇頲撰《朝覲壇頌》以紀德。改博城曰乾封。（《舊唐書》玄宗本紀、禮儀志三）

（二）唐玄宗泰山封禪逸事

1、張說多引用私人。《大唐新語》卷三《公直第五》載：

玄宗將封禪泰山，張說自定升山之官，多引兩省工錄及己之親戚。中書舍人張九齡言於說曰：「官爵者，天下之公器，德望爲先，勞舊爲次。若顚倒衣裳，則譏議起矣。今登封沛澤，十載一遇，清流高品不沐殊恩，胥吏末班先加章紱，但恐制出之後，四方失望。今進草之際，事猶可改。」說曰：「事已決矣。悠悠之談，何足慮也。」果爲於文融所劾。

2、岳父稱「泰山」之始。段成式《酉陽雜俎》卷十二《語資》載：

明皇封禪泰山，張說爲封禪使。說女婿鄭鎰，本九品官。舊例，封禪後自三公以下，皆遷轉一級。惟鄭鎰因說驟遷五品，兼賜緋服。因大脯次，玄宗見鎰官位騰躍，怪而問之，鎰無詞以對。黃幡綽曰：「此泰山之力也。」

按：張說（667～730），字道濟，一字說之，河南洛陽人，唐朝政治家、軍事家、文學家。張說是積極鼓動和參與唐玄宗封禪的大臣之一，也從中撈了不少好處。

3、封禪盛況。《新唐書·齊浣傳》：

齊浣，字洗心，定州義豐人。……出爲汴州刺史。玄宗封太山，

歷汴、宋、許，車騎數萬，王公妃主四夷君長馬、橐駝亦數萬，所
頓彌數十里。浣列長棚，帟幕聯互，上食凡千輿，納管鑰，身進膳，
帝以爲知禮，喜甚，爲留三日，賜帛二千匹。浣以淮至徐城險急，
鑿渠十八里，入青水，人便其漕。

又，《新唐書・楊瑒傳》：

楊瑒字瑤光，華州華陰人……帝封太山，集樂工山下，居喪者
亦在行。瑒謂起苴絰使和鍾律，非人情所堪，帝許，乃免。

又，玄宗於泰山封禪之暇不忘鬥雞。唐陳鴻《東城老父傳》：

老父姓賈名昌，長
安宣陽里人，……昌生
七歲，趫捷過人，能搏
柱乘梁。善應對，解鳥
語音。玄宗在藩邸時，
樂民間清明節鬥雞
戲。及即位，治雞坊於
兩宮間。索長安雄雞，

金毫鐵距，高冠昂尾千數，養於雞坊。選六軍小兒五百人，使馴擾
教飼。上之好之，民風尤甚，諸王世家，外戚家，貴主家，侯家，
傾帑破產市雞，以償雞直。都中男女以弄雞爲事，貧者弄假雞。帝
出遊，見昌弄木雞於雲龍門道旁，召入爲雞坊小兒，衣食右龍武軍。
三尺童子入雞群，如狎群小，壯者弱者，勇者怯者，水穀之時，疾
病之候，悉能知之。舉二雞，雞畏而馴，使令如人。護雞坊中謁者
王承恩言於玄宗，召試殿庭，皆中玄宗意。即日爲五百小兒長，加
之以忠厚謹密，天子甚愛幸之，金帛之賜，日至其家。開元十三年，
籠雞三百從封東嶽。父忠死太山下，得子禮奉屍歸葬雍州。縣官爲
葬器。喪車乘傳洛陽道。十四年三月，衣鬥雞服，會玄宗於溫泉。
當時天下號爲神雞童。時人爲之語曰：「生兒不用識文字，鬥雞走馬
勝讀書。賈家小兒年十三，富貴榮華代不如。能令金距期勝負，白
羅繡衫隨軟輿。父死長安千里外，差夫持道挽喪車。」（《太平廣記》
卷四八五）

四、竹溪六逸

唐玄宗開元二十八（740）年庚辰，詩人李白寓居東魯期間，曾與孔巢父、韓準、裴政、陶沔、張淑明結伴隱於徂徠山竹溪（今岱嶽區良莊鎮高胡莊二聖宮附近），詩酒唱合，時稱「竹溪六逸」。（新、舊《唐書》李白傳、孔巢父傳）竹溪位徂徠山西南麓乳山腳下，今有六逸堂故址。

竹溪六逸圖

第七章　徂汶景觀擬題

一、博陽樓

（一）事由

地標性建築。

（二）作用

一用為陳列博陽歷史文化，二用為懷古、觀汶、望魯、瞻嶽。博陽樓的建成將與江西九江潯陽樓、湖南洞庭湖岳陽樓並而為三「陽樓」，成一座在江、一座在湖、一座在河之鼎立，和兩座在南、一座在北之遙遙相對格局。

（三）建議

漢代樓臺風格，七十二米，或與泰山高度（1532.7 米）成一定比例。樓內設博城歷史文化展覽和現代書畫展覽等。

二、黃帝廟/養生宮

（一）事由

1、黃帝為中華上古五帝之首，華夏人文始祖，道教養生之祖。

2、黃帝與曲阜──泰山關係密切。生於壽丘（曲阜），在泰山之下得九天玄女天書，從此萬戰萬勝，且戰且學仙，終於代神農氏而為天下共主。黃帝還是第一個登頂泰山封禪的帝王。所以除出生地之

黃帝

外，泰山是黃帝命運由否轉泰、由凡而仙
的唯一福地，是所有記載中黃帝傳說最爲
集中和突出的地方。泰山從來沒有黃帝的
專祠，理應創建。

黃帝廟

3、宋李諤《瑤池記》：「黃帝嘗建岱嶽
觀，遣女七，雲冠羽衣，焚修以迓西崑眞
人。玉女蓋七女之一，其修而得道者。」
即碧霞元君。據此，俗稱「泰山老奶奶」或「泰山娘娘」的碧霞元君爲黃帝
所成就，黃帝是泰山碧霞元君置位之神。

4、泰山有三皇廟，祀伏犧、神農、黃帝，在岱宗坊慈善院北。（《（民國）
重修泰安縣志》卷二《輿地志・山水》）

（二）作用

1、爲泰山神系補一大神；
2、成爲祭祀中華人文始祖的又一地；
3、爲景區樹立倡導養生的旗幟；
4、與碧霞元君和漢武帝相關爲「三位一體」。

（三）建議

1、古典風格
2、神話內涵
　　祀黃帝、玉女、九天玄女等
3、突出「中華養生之祖」內容。

三、元君廟

（一）事由

碧霞元君即泰山玉女。據晉干寶《搜神記》載，
中國先秦即有吳王小女紫玉成仙故事。所以早在漢
末，曹操作《氣出倡三首》其一即有句曰：「行四
海外，東到泰山。仙人玉女下來遨遊，驂駕六龍飲
玉漿。」其子曹植《遠遊篇》中也寫到泰山「靈鼇
戴方丈，神嶽儼嵯峨。仙人翔其隅。玉女戲其阿」。
雖然曹氏父子筆下的泰山玉女還沒有進位到

後來護國祐民的泰山老奶奶。但是，早在唐人就已經有了元君信仰，如齊己《祈眞壇》詩描繪云：「玉甕瑤壇二三級，學仙弟子參差入。霓旌隊仗下不下，松檜森森天露濕。殿前寒氣束香雲，朝祈暮禱玄元君。茫茫俗骨醉更昏，樓臺十二遙崑崙。」（《全唐詩》第八四七卷）

至李諤《瑤池記》，就已經記載碧霞元君乃黃帝所遣玉女之一。而韓錫胙《元君記》則稱：

> 《玉女卷》云：「玉女姓金名玉葉，西牛國孫寧府奉符縣石守道妻也。漢明帝中元七年四月十八日生。入天空山昆華沒事修道。天空山即泰山也。考李斯從始皇發封，出玉女於泰山之巓，因祀之，稱爲神州老姥。」（清唐仲冕《岱覽》卷第九《岱頂中》引）〔註1〕

石守道即宋代著名學者、文學家石介（1005～1045），字守道。兖州奉符（今山東泰安）徂徠人。民國《重修泰安縣志》卷三《輿地志勝概・古迹》載：「石介故里，徂徠山西北橋溝村，石姓其後裔也。」這就使泰山神女與碧霞元君合一，成了乾封縣（古博城）地方之神。

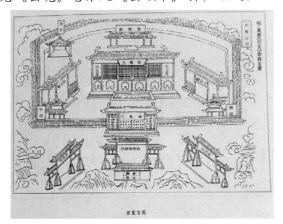

此說雖起於宋代以後，但是今俗元君信仰也正是從宋代興盛起來的。宋代以後，泰山上下都有碧霞元君廟。《（民國）重修泰安州志》載：「泰山行宮，即元君廟，所在多有。如張侯、扈魯山、夏張、太平山、徂陽、員外莊、樓德鎮、二柳泉西南鄉李家店、放城東北五龍山、白峪地方慈祥鎮、天平店皆是也。」（卷一《輿地志・建置》）

（二）作用

泰山極頂有碧霞元君廟，但善男信女老幼殘弱者攀登拜禱不易。今於傳說元君故里的古博舊地新建一元君廟，以極頂爲上廟，此爲下廟，廟宇神像皆同，功用無二，可滿足信眾特別是老弱幼殘信仰者禱拜元君的需求。

〔註1〕〔清〕唐仲冕《岱覽》，湯貴仁主編《泰山文獻集成》本，泰山出版社 2005 年版，第 216～217 頁。

（三）建議

與泰山極頂元君祠相呼應，宋代廟宇風格。神像端莊慈祥，美麗大方。

四、封禪院

（一）事由

封禪院是展覽、研究歷代泰山封禪事蹟的文化設施。《左傳‧成公十三年》云：「國之大事，在祀與戎。」封禪是中國古代國家最高規格的盛大祭祀，是中國古代皇權政治「天人合一」的最高體現。而泰山封禪則是古代封禪文化最集中的代表，並逐漸成為封禪唯一的標誌。史載自古泰山封禪，除大禹禪會稽之外，三千年，十八帝，均以博城或原博城地為上封駐蹕和降禪祭地之所。《春秋公羊傳‧隱公八年》：「天子有事於泰山。諸侯皆從泰山之下。」是時天子、諸侯、大臣與外國使節雲集泰山，相當於現代國內外高層關係的集合，可想其每一舉行皆稱為百年甚至千年盛事。所以，封禪在後世雖然多為儒者所詆，但是置於該時代歷史背景上，封禪不僅是從來帝王君臨天下的最高理想，也是從封各色人等共同的願望。所以儒家鼻祖孔子曾登岱尋覓憑弔其迹，而司馬遷之父司馬談以未能從封為終生之憾，而且於後世影響大矣！故其事雖不得提倡，但是其情卻值得記憶，值得研究，值得藝術地再現。故建封禪院以彰顯之。

（二）作用

泰山封禪在中國古代是「國之大事」之一，每次封禪都具舉國性質，是時則泰山之下，博城之域，為全國政治人物聚集的中心，也有同時是萬國來朝的中心，影響重大而深遠。建立封禪院可有利於收集保存此一中國歷史獨有之宗教祭祀相關資料，普及相關歷史文化知識，豐富、保護、研究泰山文化。也有利於研究泰山封神文化，爭取適當時機申報國家和世界非物質文化遺產。

（三）建議

1、設立研究機構，以「泰山封禪」為題申報國家和世界非物質文化遺產；
2、組織封禪儀式表演；
3、建立紀念、展覽設施：
①宮院式

②走廊（或大道）式

③大型群雕組合式

突出泰山封禪歷史文化傳統，以漢武帝爲中心，突出黃帝、周成王、唐高宗／武后、唐玄宗諸帝，各爲組雕，姿態服飾各異，有其時代特點。各有爲拍照預留多個可與雕塑融爲一體的設施。

五、文廟

（一）事由

「泰山岩岩，魯邦所瞻」，博邑泰山是孔子及其弟子多人多年多次登臨遊賞的地方。故泰山極頂有明人建孔子廟，又稱孔子至聖殿，經修復今開放中。但泰山下似無文廟，今值景區新闢，宜有創設。

（二）作用

凸顯泰山（博邑）與孔子（曲阜）的聯繫，以見古博陽人文薈萃之盛，支持博城「（春秋戰國）儒學副中心」的地位。

（三）建議

祀孔子、孟子、顏子、曾子、諸葛亮、李白、孫復、胡瑗、石介等曾至或久居泰山之古代聖賢。

六、四王廟

（一）事由

據《史記》《漢書》等載，楚漢間先後有故齊王建孫田安被項羽立爲濟北王都博陽，田榮殺田安自爲齊王於博陽，田橫立田榮之子田廣爲齊王於博陽，田橫自王於博陽，計田姓四王於博陽（《項羽本紀》《田儋列傳》）。其中田安是後來短命的新朝皇帝王莽之直系先祖，被追贈爲「先皇帝」，立廟祭祀。而田橫一門三齊王並殉死之五百義士，事蹟最爲壯烈，史不絕書。今其相關地青島即墨區有田橫島等多種紀念設施。作爲田橫稱王之博陽，也理應有所紀念。

（二）作用

凸顯博城在春秋戰國和秦漢之際為兵家必爭之地的戰略地位，和其在楚漢間作為齊「四王」之都之北方重鎮和區域政治中心的歷史印記；表彰田橫五百義士，倡導知恥有勇的品格和無信不立的世風。

（三）建議

起造四王廟宇；建設田橫及二客三人的組雕。

七、石園

（一）事由

泰山奇石名高天下，玉為泰山石之精華，又有石敢當神話傳說，曰泰山石敢當的原型是徂徠石氏族人，或曰即北宋徂徠先生石介的三曾祖石路賓。石路賓是五代人，當時兵匪橫行，擾亂地方，石路賓曾率子弟鄉人，殺退匪兵，保衛家鄉平安，人稱「泰山石敢當」。泰山石敢當應是徂汶景區最具當地特色的傳統文化，可以之為中心，建立泰山石園。

（二）作用

石園包括泰山石（玉）文化展覽，石敢當神話傳說影視，徂徠山石氏宗族文化展覽與研究等，成泰山石文化展覽與石文化旅遊產品銷售中心。

（三）建議

泰山奇石、泰山玉展覽；石敢當雕塑和石敢當文化展室，電視劇《石敢當》播映；徂徠石氏家族文化展室等。

八、天封寺

（一）事由

天封寺原名郭頭寺，是古博城有代表性的佛教寺院，久圮，今留遺址。《（民國）重修泰安縣志》卷一《輿地志·建置》載：

天封寺，在縣東南三十里舊縣，地爲古博城，唐爲乾封。宋初縣廢，寺亦遷焉。祥符有事泰山，賜號天封。宋亂損毀，殿像僅存。金僧道先實始還居其下，其徒名法越者，攻苦營茸之，撤舊更新，加高廣焉。學士黨懷英爲之記。

又據泰山學者馬輝《幾度繁興古博城》一文考證：

天封寺是千年名刹，其遺址在東舊縣村東。據清乾隆《泰安縣志》記載，此寺原位於古博城西南隅，寺名爲郭頭寺。因寺址低窪潮濕，宋代遷於靠近汶河處。宋大中祥符年間始以「天封」爲名。金大定十七年（1177）夏，僧道先、發越對大殿進行重修，至十八年秋完成。大定二十四年（1184）十一月，住持發越委託當時著名書法家、文學家黨懷英撰寫碑記，即《重修天封寺記碑》（凡 787字），記載了天封寺和博縣城變遷情況。重修後的天封寺在當時無論規模還是影響都堪於靈巖寺齊名，民間古有「西有靈巖，東有天封，無論何事，一求便靈」的說法。該寺民國年間香火還非常興盛，直到「文化大革命」前還古風猶存。據村裏人講，寺內千年銀杏，果實累累；松柏密林，老鴰鳴叫；大殿森嚴，古碑屹立。儘管歷經千年，古寺仍在展示著誘人的魅力。據說全國十幾省的香客、僧人都不遠千里慕名到寺裏朝拜、祈福。「文化大革命」中，一夜之間大殿被拆除，塑像被砸；古碑被推倒，古樹被砍伐殆盡，那顆千年銀杏樹也未能逃脫被砍伐的命運。金代黨懷英書寫的《重修天封寺碑》，碑額 6 篆字被嚴重損毀，碑身銘文亦砸毀 57 字，不可認讀者 23 字。可幸的是，1978 年該碑被搶運到岱廟，現在岱廟碑廊，保護完好。

又說：

天封寺遺址……除留下一座長約 11 米、寬約 6 米的大殿遺址和一口民國 23 年（1934）古井外，早已變成一座現代院落。……步量一下整處院落，東西寬約 60 米，南北長約 100 米，總面積約 6000 平方米。可以肯定，天封寺興盛時，佔地面積要比現在院落大得多，如果再加上寺田，其寺產一定相當可觀。〔註2〕

〔註 2〕馬輝《幾度繁興古博城》，《泰山晚報‧人文》2014 年 5 月 8 日。

（二）作用

天封寺是宋前佛教名寺，古博重要佛教場所，可與擬建中的文廟、元君廟並立爲古博城「三教」的標誌。

（三）建議

考證原狀，擇機復建。

九、唐博（乾封）城

（一）理由

博城在唐高宗封禪泰山以後稱乾封。唐乾封縣是古博城文化最後的輝煌，值得復現爲一處「穿越」型獨特文化旅遊景觀。

（二）作用

再現古博成時景象，以傳播唐博（乾封）城文化，爲景區聚人氣、財氣、喜氣。與漢博城形成對照與互補，以共同展示漢唐博城地方文化特色。

（三）建議

1、唐博城即唐乾封縣治，於北宋太祖開寶五（972）年移城於今泰安市岱嶽區岱嶽鎮，後改稱奉符。今存其遺迹除城牆基礎之外，基本已非唐城之舊，而是宋初以後各時代的遺留；又因文化遺址保護之故，不可能在原址復建，從而以再現古博城爲目標的建設項目，不必是舊縣古博城的歷史復原，而應該是唐博（乾封）城的藝術再造；

2、唐博（乾封）城的再造不必以唐末博（乾封）城的可能樣貌爲再造依據，而應以盛唐博（乾封）城的繁華景象爲想像目標，定格爲唐玄宗朝「開天盛世」之唐博城（乾封）爲宜。從而有關布置的時間段主要是唐玄宗一朝，上可有先朝遺迹，而下限至「安史之亂」以前；

3、唐博（乾封）城的再造將依據可靠資料，力求忠實於唐代城市坊市建築格局和社會風貌的歷史眞實，兼顧當今遊學、商業、娛樂等社會需求，成爲拉動泰安汶汶經濟的文化旅遊品牌；

4、唐博（乾封）城的再造應放眼漢唐博城歷史文化，體現古今一貫、中外交流（唐朝廷之上胡人參半，高宗、玄宗封禪都有胡人從行，乾封縣當亦

有胡人居住經商）、追求進步的精神，打造中國唯一漢唐文化體驗基地；

　　5、唐博（乾封）城的再造應在充分文化論證基礎上提出景點選題，由專業設計人員精心構圖以付營造，嚴格程序，一絲不苟，精益求精；

　　6、唐博（乾封）城再造的總目標：

　　格局市貌，風物習俗，唯唐所有，唯唐為美。

　　穿越盛唐，聯通絲路，古城今市，旅遊經典。

　　7、選題舉例

　　①公建：縣衙、學署、寺廟、祠堂等；

　　②街區：街、坊、里、市等；

　　③店鋪：太白酒樓、杜甫酒廬、陸羽茶肆、盧仝茶坊、胡餅店等；

　　④娛樂：鬥雞坊、琵琶亭、小梨園；

　　⑤養生：小康里、郝公藥店等等。

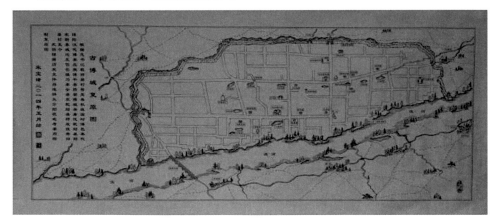

十、觀汶閣

（一）事由

汶水載在《尙書》，爲齊魯最大內河，其流域爲齊魯文化主要發祥地，而向來未設重大人文標誌。沮汶景區既傍汶水，又當五汶彙集之中段，水面遼闊，宜觀宜遊，又將有高檔水上旅遊活動，故設此閣。

（二）作用

觀賞汶水，布展汶水歷史文化，包括大汶口文化有關。

（三）建議

選景區內臨大汶河開闊地帶，仿漢或唐代樣式。大汶河流經萊蕪、新泰、泰安、肥城、寧陽、汶上、東平等縣、市等七縣市，匯注東平湖，出陳山口後入黃河。汶水幹流河道長239公里；或習慣上東平縣馬口以上稱大汶河，幹流長209公里（一說全長208公里）。觀汶閣造型可參照以上數據設定。

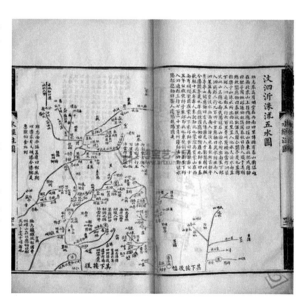

結　語

　　以上考論和設計擬題努力體現爲如下特點。

一、獨特新

　　本《論證》忠實於歷史，歷史所有古博城大事、傳說、神話等，以及因此而擬之景觀選題，除個別爲復建者之外，皆古博故地（今泰安市泰山區邱家店鎮舊縣村）前所未有，泰安應有而未嘗有，或與他方所有而不同，故爲「獨特新」。

二、有關聯

　　本《論證》核心內容因黃帝、孔子、漢武帝三個重要歷史人物的關係而串聯：即黃帝送玉女七人至泰山，其一即碧霞元君；黃帝是登封泰山的第一人，而漢武東巡，九至泰山，秘密登封，實乃效黃帝欲登仙；孔子創立儒學，經漢武帝「獨尊儒術」，乃得發揚光大，而諸賢從之於後。

　　這種關聯性使博城文化的結構特點是：以泰山爲中心，以黃帝爲引領，以秦始皇、漢武帝、唐代高、玄二宗封禪爲黃金時代，三千年，十八帝及孔孟等諸聖賢畢至，後先輝映，永放光芒，是中國宋前高端郡縣文化的典型。

三、高大上

　　本《論證》所涉及人物、事件在中國古代政治、儒學、仙道、養生、兵家等各領域，均有極高、極大、極上，或可敬、或可驚、或可歎、或可愕之

特點，幾無任何顯著之負面因素，故又極眞、極善、極美，是徂汶景區傳統文化項目建設的理想目標。

總之，本《論證》是對千年前古博城文化的一次較爲宏觀和深入的探討，全面系統和具體細緻地揭示了古博城文化的歷史內涵與特點，在歷史與現實的統一上對徂汶景區傳統文化建設提供了有針對性、前瞻性和操作性的建議，可資景區乃至泰安傳統文化景觀建設選題和景觀內容規劃之參考。

附錄一：建議景觀建設立碑爲記

自古地方文化，有所興建，必期功成當世，利在百代，傳之永遠。而物有成毀，人代冥滅，傳世之功，既倚物之堅牢，事之可念，亦必賴文字有載。不然，時過境遷，物是人非，或並其物亦不存，則不僅後人無以知此心力所注，而且曾有過是事是物與否，亦或難定。遂使今日確然明白之事，成後代往事如煙之謎。即或有言及，乃不免猜測臆說，穿鑿附會，如今之考古者。此不僅使當年建設之原旨實情，起迄過程，遂無以聞，而且遺後世繼承發揚保護之不必要迷惑。因此，古代凡有廟宇祠堂、路渠堤壩等公共永久性建設，其峻工之日，必勒石爲記。遂使碑版之文，成古代文獻之一體。秦漢以降，無數古建，少有保留至今，但其中部分，因留有碑文，而尚可考證，以著之信史。但今人所興建，多不留意此一傳統，遂使億萬資金之建設，無當事人如實陳述之記載。這既有悖古先傳統，也不利於文化在當今的傳播和後世的弘揚。同時當景區建設完成之際立碑爲記，客觀上也有利於主導及施工者責任心的加強。故本《論證》建議於本景區和景區內每一主體工程峻工，均視具體情況以政府或單位等適當名義，立碑刻石爲記。碑記最好請名家撰寫、書刻，以副名園之盛。

附錄二：泰山爲「國山」溯源

泰山爲「五嶽獨尊」，自古享有崇高政治地位，爲事實上的「國山」。故自民國間就有學者易君左等呼籲「定泰山爲國山」[註1]。其實早在春秋時期，此議即已有發端，即齊景公（前 547～490 在位）歎曰：

〔註 1〕周郢《〈定泰山爲國山芻議〉校注》，泰山文化協會 2010 年印本。

「美哉國乎，鬱鬱泰山。」

這八個字實已包含泰山爲「國山」之義，是當今繼續倡導定泰山爲國山的歷史根據，更可以作爲徂汶景區乃至泰安大道迎賓之標語。

按「美哉國乎，鬱鬱泰山。」語出《韓詩外傳》卷十載：

齊景公遊於牛山之上，而北望齊，曰：「美哉國乎！鬱鬱泰山。使古無死者，則寡人將去此而何之？」俯而泣沾襟。國子高子曰：「然臣賴君之賜，蔬食惡肉可得而食也，駑馬柴車可得而乘也，且猶不欲死，況君乎！」俯泣。晏子曰：「樂哉！今日嬰之遊也。見怯君一，而諛臣二，使古而無死者，則太公至今猶存，吾君方今將被蓑笠而立乎畎畝之中，惟事之恤，何暇念死乎！」景公慚，而舉觴自罰，因罰二臣。

此條呂則虔《晏子春秋集釋》附錄有輯。又見《列子・力命篇》，但「美哉國乎！鬱鬱泰山」八字別作「美哉國乎！鬱鬱芊芊」。今學者許維遹《韓詩外傳校釋》以「泰山」爲「蓁蓁」之誤，但屬推測。其實，齊景公時代泰山即已屬齊，景公登牛山而懷泰山，才是國君氣度，於情理未有不合。所以，本《論證》從《韓詩外傳》漢魏叢書本、《四部叢刊》景明沈氏野竹齋本等以「美哉國乎，鬱鬱泰山」爲景公語，而薦此八字爲自古賞鑒泰山之不朽名句，期以爲定泰山爲「國山」的歷史根據，並薦其爲泰山第一迎賓辭。

（二〇一六年十一月六日星期日專家評審後修改定稿）

主要參考文獻

1. 《十三經注疏（附校勘記)》（重訂本）1983 年影印本。

2. 楊伯峻編著《春秋左氏傳注》（修訂本），中華書局 1990 年版。

3. 《國語》《戰國策》，嶽麓書社 1988 年合印本。

4. 〔南宋〕朱熹《四書章句集注》，中華書局 1983 年版。

5. 〔西漢〕司馬遷《史記》，中華書局 1983 年據《四庫備要》本縮印本。

6. 〔東漢〕班固《漢書》，中華書局 1962 年版。

7. 〔東漢〕應劭著，王利器《風俗通義校注》，中華書局 1981 年版。

8. 〔西晉〕陳壽《三國志》，中華書局 1964 年版。

9. 〔南朝・宋〕范曄《後漢書》，中華書局 1964 年版。

10. 〔北魏〕酈道元《水經注校證》，中華書局 2007 年版。

11. 〔後晉〕劉煦等《舊唐書》，中華書局 1975 年版。

12. 〔北宋〕李昉等《太平御覽》，中華書局 1960 年版。

13. 〔北宋〕李昉等《太平廣記》，中華書局 1961 年版。

14. 〔北宋〕歐陽修《新唐書》，中華書局 1975 年版。

15. 〔北宋〕薛居正等《舊五代史》，中華書局 1976 年版。

16. 〔北宋〕歐陽修《新五代史》，中華書局 1976 年版。

17. 〔元〕脫脫等《宋史》，中華書局 1977 年版。

18. 〔明〕任弘烈編輯《泰安州志》，臺北成文出版社有限公司《中華方志叢書》影印本。

19. 〔清〕顧祖禹《讀史方輿紀要》，中華書局 2005 年版。

20. ﹝民國﹞孟昭章纂修《重修泰安縣志》，臺灣學生書局 1968 年影印本。

21. 湯貴仁主編《泰山文獻集成》（10 冊），泰山出版社 2005 年版。

22. 湯貴仁著《泰山封禪與祭祀》，齊魯書社 2003 年版。

23. 蔣鐵生著《泰山文化研究》，吉林大學出版社 2011 年版。

24. 周郢《泰山志校證》，黃山出版社 2006 年版。

25. 周郢《泰山與中華文化》，山東友誼出版社 2010 年版。

26. 周郢編撰《泰山通鑒》，齊魯書社 2005 年版。

27. 周郢《定泰山爲國山芻議校注》，泰山文化協會 2010 年 11 月印。

28. 于慶明、鄭新著《泰安五千年大事記》，山東地圖出版社 2001 年版。

29. 馬銘初、嚴澄非《岱史校注》，青島海洋大學出版社 1992 年版。

30. 沈起煒編著《中國歷史大事年表（古代）》，上海辭書出版社 1983 年版。

31. 泰安市徂徠山景區管委會、泰安市規劃局編印，李際山主編《汶水徂徠如畫》。

32. 泰安市地方史志辦公室編《徂徠山志》，方志出版社 2015 年版。

33. 360、百度、徂汶景區等網絡以及參考文獻中圖片。